RÉCRÉATIONS ALLÉGORIQUES

PAR A. VAN ADAM

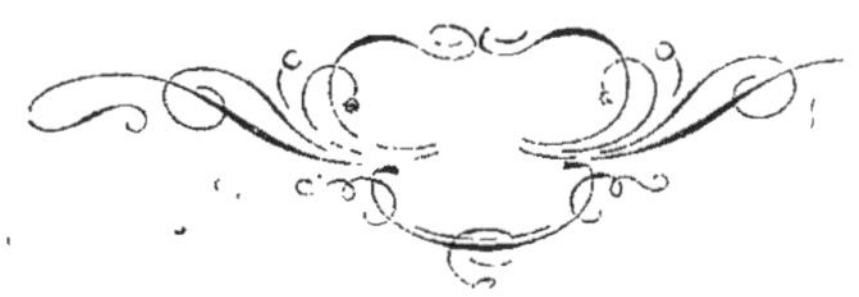

LIBRAIRIE DE L. LEFORT

IMPRIMEUR, ÉDITEUR

LILLE   PARIS

RUE CHARLES DE MUYSSART   RUE DES SAINTS-PÈRES, 30

RÉCRÉATIONS

ALLÉGORIQUES

RÉCRÉATIONS

ALLÉGORIQUES

PAR A. VAN ADAM

LIBRAIRIE DE L. LEFORT

IMPRIMEUR, ÉDITEUR

LILLE   PARIS

RUE CHARLES DE MUYSSART   RUE DES SAINTS-PÈRES, 30

MDCCCLXV

1864

Ces feuilles, dictées il y a bien des années, par un homme grave, alors fort jeune, symbolisent des idées et des vérités d'une haute portée pratique.

Nous les avons recueillies comme un

précieux souvenir de notre enfance ; et on nous saura gré de les publier. Le lecteur, quel que soit son âge, y trouvera matière à plus d'une réflexion et à plus d'un sourire.

L'auteur, auquel nous vouons un profond sentiment de vénération, pardonnera à l'un de ses anciens élèves d'avoir partagé son bien avec tout le monde.

RÉCRÉATIONS ALLÉGORIQUES

LES DEUX CHENILLES

L y avait deux chenilles, dont l'une s'appelait Noctuelle, et l'autre Feuillette. Elles étaient nées sur la même branche et presque au même jour; c'est pourquoi elles vivaient dans une parfaite intimité et s'aimaient tendrement comme deux amies d'enfance.

Noctuelle prospérait à vue d'œil; elle devint grande, belle et surtout fort vaine, tandis que la modeste Feuillette, d'une santé chétive, était pâle, souffreteuse, et sans cesse ratatinée dans sa cellule. Elle menait d'ailleurs une vie sobre et se privait volontiers des choses superflues; car elle se préparait sérieusement à sa mort qui bientôt devait mettre un terme aux tribulations comme aux plaisirs.

Mais Noctuelle trouvait ces mœurs trop austères; elle se moquait du genre de vie de sa compagne; et à mesure que le printemps s'épanouissait avec ses fleurs et ses bourgeons, elle prit plus de goût aux joies terrestres; dédaignant son ancienne amie, elle était sans cesse par voies et par chemins, parcourant sans mesure et sans retenue tous les arbres du verger.

Ce n'est pas que Feuillette ne lui envoyât de temps en temps un avis salutaire; mais Noctuelle le dédaignait en disant avec arrogance : — Qu'est-ce donc que cette prétendue sage? De quel droit blâme-t-elle ma manière de vivre? Elle me considère comme une insensée et veut qu'on attende je ne sais quoi après la mort! Ridicules pensées! Après la mort il n'y a plus de retour; le hasard nous fait naître, le hasard nous fait mourir; et nul défunt, que je sache, n'est jamais revenu parmi nous. Il faut jouir; c'est du positif, le reste n'est que chimère.

Ainsi parlait la belle Noctuelle, et, conséquente avec ses principes, elle ne rêvait que plaisirs; elle passait sa vie avec les ignobles teignes et les dangereuses lépidoptères.

Cependant la saison des fleurs passa vite comme les nuées du matin; vers la fin de l'été, les deux chenilles durent bon gré mal gré s'envelopper dans leur drap mortuaire; et leur dernière heure ayant sonné, elles reposèrent l'une et l'autre sous la voûte du ciel, dans la funèbre chrysalide.

Feuillette avait vécu trop inconnue pour que sa disparition fut remarquée, mais la mort de Noctuelle causa quelque sensation, et on en parla une journée entière. Hélas! on finit par les oublier toutes les deux, et l'on n'y pensait plus, quand tout à coup, à l'éclat du soleil nouveau, un merveilleux phénomène se produisit dans la nature.

O prodige! Feuillette, qui autrefois traînait une vie si pénible sur la terre, brise son sépulcre, déploie des ailes et s'envole dans les régions éthérées. Les habitants des airs l'accompagnent et l'admirent; elle est tout étincelante d'or et de rubis; elle voltige dans la lumière; elle boit à longs traits le nectar des lis et des roses.

Mais Noctuelle, qu'est-elle devenue? son œil terne ne supporte pas le jour; ses ailes lourdes et tremblantes la fixent sur la terre, et son aspect hideux reproduit l'image de la mort. Confuse et profondément abaissée, elle aperçut une fois l'ancienne compagne de son enfance. Elle resta frappée d'étonnement. — Quoi! dit-elle, est-ce là cette Feuillette qui fut l'objet de mes sarcasmes? Insensée que j'étais! sa vie me paraissait une folie; et maintenant elle est glorifiée, et son partage est avec les oiseaux du ciel!

LA CORNEMUSE

N jeune berger conduisait de bon matin, selon sa coutume, toutes les vaches du village sur le versant de la montagne. Il les appelait au son de la cornemuse, et elles venaient gaîment se ranger autour de lui et le suivaient aux pâturages.

Mais ce jour-là un mauvais esprit s'empara du troupeau. — Qu'avons-nous besoin de ce pâtre? murmuraient les vaches entre elles; nous sommes bien bêtes de le suivre et de lui obéir.

— C'est vrai, dit un taureau, vous êtes assez grandes pour vous conduire vous-mêmes, et vous feriez bien d'en faire l'essai.

Aussitôt dit, aussitôt fait. Le troupeau se débande, et les vaches émancipées galopent à tort et à travers dans toutes les directions de la forêt.

Alors le petit berger s'assit par terre et pleura.

Un étranger qui passait par le chemin, lui dit : — Nigaud, au lieu de pleurer, tu ferais mieux d'aller à la recherche de tes vaches ; — et il alla raconter l'aventure aux gens du village.

Ceux-ci, inquiets et effrayés, s'arment de leurs fouets ; et les uns à pied, les autres à cheval, courent après les animaux débandés. Le berger seul ne bougeait point, et ses larmes coulaient le long de ses joues. Quant aux paysans, ils frappaient de toutes leurs forces les pauvres bêtes, qui, au lieu de revenir au village, s'éloignaient de plus en plus, et fuyaient en faisant retentir les montagnes de leurs mugissements.

Les malheureux paysans tout essoufflés, après avoir brisé leurs bâtons sur le dos des vaches, renoncèrent à les poursuivre plus longtemps et revinrent tristement sur leurs pas.

Or, vers le soir, le petit berger fit jouer sa cornemuse, et l'instrument semblait exprimer la mélancolie dont son âme était pénétrée.

A peine les sons moelleux de cette musique champêtre répétés par les échos, eurent-ils parcouru la vallée, que les vaches revinrent les unes après les autres auprès du berger ; et le troupeau au grand complet le suivit paisiblement au village.

A cette vue, les paysans poussèrent des exclamations.

— Comment donc cela s'est-il passé? demandèrent-ils tous à la fois.

— Bien simplement, répondit le pâtre : la violence de vos poursuites avait dispersé les vaches ; la douceur de ma cornemuse les a rappelées.

LA MOUCHE AMBITIEUSE

NE grosse mouche noire, infatigable bourdonneuse, planait dans les airs tout le long du jour, insultant sur son passage les volatiles de son espèce et se croyant seule la reine des vents. Jalouse et ambitieuse, elle considérait d'un œil arrogant le travail des abeilles, et se disait : — Si ces pauvres ouvrières font du miel, pourquoi n'en ferai-je pas, moi?

Elle se mit donc à l'œuvre ; et se vautrant dans la fange, où d'ordinaire elle faisait ses délices, elle se gorgea de miasmes, et alla faire son miel dans le creux d'un sapin.

Cependant, à la vue de cette substance noire et fétide qui sentait l'écurie, la mouche ne se découragea pas. Elle se dit :
— Ce n'est pas du miel; mais j'irai parmi les fleurs parfumées, et j'y puiserai un baume non moins suave que celui des abeilles.

Et reprenant à grand bruit son vol téméraire, elle se mit à la piste de ses rivales, humant le suc des plantes, et pétrissant leur poussière dans sa gluante salive. Puis elle revint d'un air triomphant à son arbre pour y déposer le fruit de son industrie.

Hélas! ce n'était, ce n'était encore qu'un liquide infect! — D'où vient cela? disait-elle; d'où vient que la substance des fleurs noircit en moi, tandis que dans l'abeille elle devient jaune et reluisante comme de l'or?

Elle s'adressa à une des diligentes-travailleuses pour lui demander le secret de cette énigme. Celle-ci lui répondit : — Pour faire du miel, les fleurs ne suffisent pas; il faut être abeille.

Mais l'orgueilleuse mouche repoussa cette explication. Elle crut que certains végétaux distillaient du miel; et s'obstinant à les découvrir, elle parcourut les diverses plantes de la vallée, les suçant indistinctement; et enfin, toute chargée de matières, elle se trouva mal et mourut d'indigestion.

On dit qu'à son agonie, elle ne regrettait qu'une chose, c'était de n'avoir pas fait du miel.

Elle ignorait, la malheureuse, que les aliments les plus purs se changent en venin dans les animaux vénéneux.

LE VER DE TERRE
ET LES VERS-A-SOIE

Il y avait, dans une province chinoise, une petite république de vers-à-soie qui, de temps immémorial, vivait sage et laborieuse au milieu des vastes forêts de mûriers, où, sous la protection des lois, elle se livrait à la fabrication des soieries.

Cette industrie coûtait bien des larmes; car ces pauvres insectes, pour filer leurs produits, dépensaient leur propre substance; et après la saison du travail, ils tombaient épuisés de langueur, et mouraient ensevelis dans le linceul qu'ils avaient tissé de leurs propres mains.

Un ver de terre, passant par hasard sur le sol de la république, s'attendrit à l'aspect de tant de labeurs; et ne pouvant contenir son zèle, il tint à peu près ce langage à la population assemblée : — Pauvres gens, pourquoi ce dur et stérile travail? à quoi bon sacrifier votre existence à des œuvres qui ne vous servent pas? savez-vous quel en est l'usage? C'est la vanité qui s'en décore; car il est des mortels qui ne se croient grands et beaux que quand ils sont couverts de vos dépouilles. Croyez-moi, restez libres; quittez un commerce qui abrége vos jours et vous engloutit vivants dans la tombe.

Ce discours, prononcé avec l'accent d'une sympathie profonde, fit impression et captiva l'esprit de plusieurs vers-à-soie. Ceux-ci, prenant pour guide le ver de terre, refusèrent désormais de se mettre à l'ouvrage; et se passionnant de plus en plus pour l'indépendance, ils passèrent leur vie à manger de la verdure, et se promenaient tout le long du jour dans les humides sentiers de la forêt.

Hélas! ils ne tardèrent point à reconnaître leur folie; car aux premiers mauvais jours, se trouvant nus et sans abri, ils s'enfoncèrent dans la poussière où ils périrent sans postérité; tandis que les autres, fidèles à leur condition, dormaient dans des coques de soie, suspendus comme des pommes d'or aux branches des mûriers; et quand le soleil les fit éclore, il en sortit des êtres nouveaux, qui laissèrent sans regret de vaines dépouilles pour s'envoler dans la région des zéphirs.

LES FUREURS D'UN COQ D'INDE

N coq d'Inde, d'un caractère jaloux et soupçonneux, éprouvait presque chaque jour de si terribles accès de colère, que ses meilleurs amis, et même les dindes ses compagnes, en étaient désolées.

On pourra juger de la violence de ses emportements, par l'histoire suivante attestée par des témoins oculaires.

Un jour le coq d'Inde crut s'apercevoir, à certains indices, qu'un rival inconnu cherchait à s'introduire dans la basse-cour pour l'outrager. Etait-ce un voleur, un envieux ou un simple curieux? C'est ce qu'il ne pouvait deviner; mais depuis longtemps il le guettait d'un œil attentif, observant tous ses gestes et mouvements. Plusieurs fois il l'avait vertement sommé de se retirer; mais l'étranger ne bougeait pas et ne semblait tenir compte ni de ses injonctions ni de ses vociférations bruyantes.

La colère du coq d'Inde commençait à bouillonner; sa gorge se gonflait; ses ailes tremblantes s'agitaient convulsivement; et il criait à tue-tête, au risque de se rompre les veines déjà empourprées de sang.

Le rival cependant demeurait immobile sur une hauteur et gardait un silence mille fois plus insupportable que les plus vives provocations.

Le coq d'Inde n'a plus qu'une seule pensée; il va monter à l'assaut. Déjà il a fait trois pas en avant; il s'arrête, revient sur lui-même, avance encore, crie et menace. Enfin il n'y tient plus. Comme un général qui assiége une place forte, il décrit mille cercles et sonne la trompette; puis il s'élance avec fureur, et d'un seul bond il tombe sur l'ennemi qu'il perce de part en part.

Mais, ô méprise! qu'était-ce que ce rival? qu'était-ce que ce spectre à face rouge?... Un chiffon d'écarlate!

Le dindon tout haletant revint confus et tête basse auprès de ses dindes qui palpitaient d'angoisse. L'une d'elles osa lui souffler ce mot à l'oreille : — Mon bon ami, si tu prenais les choses pour ce qu'elles sont, te fâcherais-tu si fréquemment?

UNE LEÇON DE VENGEANCE

ᴇ petit Léonard avait un vilain défaut; il était irascible et ne supportait point la contrariété. Quand on lui donnait des avis, il raisonnait; et quand ses camarades lui causaient quelque peine, il se fâchait rouge et les frappait.

Un jour il se promenait avec son maître et plusieurs compagnons. Les enfants couraient en avant et bondissaient sur la colline. Tout à coup, au milieu du jeu, ils se disputent et se battent; et la querelle allait devenir sérieuse, quand le maître survint et trouva Léonard les mains pleines de cailloux.

— Que faites-vous là? s'écria le maître d'un ton sévère.

L'enfant répondit : — Les petits garçons me jettent des pierres, et je veux leur rendre la pareille.

Le maître devint sérieux; et sans dire mot, il prit l'enfant par la main et le conduisit au pied d'un arbre fruitier.

— Maintenant, lui dit-il, prends les pierres que tu as ramassées et jette-les sur cet arbre.

Le petit Léonard obéit. Il lança ses pierres et fit si bien qu'une masse de pommes tombèrent sur sa tête et roulèrent à ses côtés.

Le maître permit à son élève de choisir les plus belles.

— Enfant, souviens-toi de cet arbre, lui dit-il; car il n'a laissé tomber sur celui qui l'assaillait que des fruits savoureux et délicats.

Léonard comprit la leçon, et alla partager ses pommes avec les camarades qui l'avaient battu.

LE BAL MASQUÉ

L y eut une fois à la cour du lion une grande fête suivie d'un bal masqué auquel furent invités les plus notables personnages des bois et des montagnes.

La soirée était magnifique, la gaieté bruyante; et les danseurs s'étaient si bien travestis qu'il leur semblait impossible d'être reconnus. Cependant, malgré leurs costumes burlesques, les malins de la société désignaient au premier abord les noms des célébrités. On distinguait aisément les singes, bien qu'ils fussent déguisés en hommes. L'âne, affublé d'un manteau doctoral et couvert d'une blonde perruque, n'avait pu entièrement dissimuler son oreille. Le chameau, sous un châle de cachemire, laissait apercevoir une bosse. Le bœuf, bien qu'il eût adopté les dernières modes, ne pouvait assez changer sa voix pour qu'on ne le prît pour un bœuf; et enfin le bouc, en uniforme et parfumé de musc, se trahissait encore par son odeur. La chèvre elle-même, belle comme une marquise et tout éblouissante de diamants, n'ouvrait pas une seule fois la bouche sans que tout le monde dît : — C'est une chèvre.

Toutefois il y avait là un personnage qui excitait plus vivement que les autres la curiosité de l'assemblée ; c'était une candide brebis. Elle était venue sans masque ni costume, sous le patronage d'un chien qui lui servait de mentor.

Tous les regards se portèrent constamment vers cette étrangère, sans que personne devinât son nom. Les uns disaient que c'était un renard, d'autres un lièvre, d'autres un loup sous la peau d'une brebis. Bref, dans sa simplicité, elle demeurait inconnue, tandis que les masques les plus grotesques ne purent dissimuler les personnages.

Cette intrigue devint tragique. A la fin, tous les animaux ayant ôté leurs travestissements, la brebis seule garda sa toison ; et elle eut beau protester, nul ne voulut croire à sa parole, jusqu'à ce que le lion, pour décider l'affaire, la prit sous sa dent et la croqua.

— Oui, dit-il en s'essuyant la bouche, c'était une brebis !

Alors les danses, un moment interrompues, recommencèrent.

Mais le chien qui avait conduit la pauvre bête dans cette société corrompue, se fit des reproches amers et poussa de lamentables hurlements. Il reconnut trop tard que c'est le sort de la vérité et de la candeur d'être immolée par ceux qui aiment le mensonge et le vice.

LA FOURMI ET LA CIGALE

UR la lisière d'un chemin de traverse qui longe une fertile prairie, des milliers d'insectes broutaient ensemble sur le gazon et bruissaient au soleil. Les plus remarquables d'entre eux par leur célébrité fabuleuse, c'étaient sans contredit la cigale et la fourmi.

Toutefois ces deux nobles insectes se distinguaient par un genre de vie bien différent. La cigale, d'une humeur toujours joyeuse, vivait au jour le jour sans songer au lendemain; et quoique pauvre et réduite au nécessaire, elle était contente de son sort et remerciait la Providence par un hymne perpétuel.

La fourmi au contraire menait une vie soucieuse; elle était riche, avare, uniquement occupée des choses de la terre, et ne songeait qu'à remplir ses magasins.

Nonobstant cette divergence de caractère et de position, il y avait entre la cigale et la fourmi un point de contact, une pensée commune, c'était la crainte du fourmilier, la terreur des insectes ; et chaque fois que ce redoutable descendant des pangolins venait à passer, la cigale cessait de chanter, et la fourmi, avertie par ce silence, se retirait dans ses cavernes et se tenait cachée dans les labyrinthes les plus obscurs.

Un jour la cigale, par une inconcevable légèreté, avait oublié de mettre le pot au feu ; et n'ayant pas le moindre brin d'aliment pour son repas du soir, elle se décida, malgré les anciennes traditions de sa famille, à frapper à la porte de la fourmi pour lui demander une légère avance.

La fourmi l'écouta en fronçant les sourcils, et lui reprocha en termes durs son imprévoyance : — Que faites-vous donc, lui dit-elle, tout le long du jour, et comment employez-vous votre temps ? au lieu de chanter sans cesse et de m'assourdir les oreilles, vous feriez mieux de travailler et de gagner votre pain !

La cigale convint de ses torts et supplia son opulente voisine de lui prêter seulement pour cette fois la plus mince pitance.

Mais l'inexorable fourmi, joignant la cruauté à l'ironie, lui ferma la porte et l'envoya se promener. La pauvre cigale, froissée dans son amour-propre, prit aussitôt le parti de déménager. Elle s'en alla demeurer ailleurs pour n'avoir pas sous les yeux l'odieux spectacle de l'égoïsme et de l'avarice. Les malheurs la rendirent plus sage; et pour éviter des mécomptes à l'avenir, elle apprit à se passer des autres.

Elle était à peine partie que la fourmi regretta de ne plus entendre sa voix; car le chant de la cigale était pour elle l'indice de la sécurité du pays; et maintenant, le morne silence augmentait ses alarmes. L'appréhension d'être surprise l'empêchait de dormir; elle poussa si loin la prudence qu'elle mit un grand nombre de sentinelles à sa porte.....

Au jour où elle s'y attendait le moins, le terrible fourmilier, rôdant autour de sa demeure, avala d'une seule bouchée la fourmi et les sentinelles, et les trésors et les provisions.

LE COMBAT DES COQS

EUX petits coqs, nés dans le même nid et élevés dans la même basse-cour, s'amusaient ensemble tout le long du jour, et les combats simulés étaient leurs jeux favoris.

Ils se posaient en face l'un de l'autre, comme des maîtres d'armes; l'œil fixe, ils se mesuraient, puis se dressaient tout à coup, battaient des ailes, et faisaient ensemble, avec une admirable précision, les mêmes gestes et les mêmes mouvements.

Il y avait toujours là bon nombre de jeunes poules qui se plaisaient à cette sorte de spectacle et encourageaient les combattants par leurs rires et leurs applaudissements. Mais d'autres spectateurs plus expérimentés, les anciennes de la basse-cour, entre autres une vertueuse poule, veuve d'un coq illustre, blâmaient hautement ces jeux et ne se lassaient point de prémunir les petits champions contre ces dangereux tournois.

Ceux-ci n'écoutèrent point les conseils des sages, et, la passion se mêlant à leurs combats, il ne se passait pas de jours sans que l'un ou l'autre ne reçût quelque entaille ou ne perdît quelques plumes de sa queue naissante.

Ce n'est pas que ces petits étourdis ne s'aimassent fraternellement; mais ils avaient pris l'habitude de ces luttes en apparence inoffensives; et une fois lancés dans l'arène, ils ne se connaissaient plus et se battaient avec tout l'acharnement du point d'honneur.

Un jour, à la face du soleil, nos deux coqs se trouvaient aux prises comme de coutume. Déjà la terre était jonchée de duvet ensanglanté, et l'on pouvait prévoir une catastrophe.

Tous deux sont en arrêt; leur visage est en feu, leurs yeux étincellent; ils s'élancent à la fois l'un sur l'autre, se heurtent, tombent, se relèvent couverts de poussière et s'attaquent de nouveau avec une implacable violence. Enfin un des combattants recule, il respire à peine, et plein d'horreur, il fléchit et rend en frémissant son dernier soupir.

Les témoins de cette tragédie, émus d'une pitié tardive, s'éloignent en silence et laissent seul sur le champ de bataille le coq triomphant.

Celui-ci cependant, à dater de ce jour, devint morne et

triste ; il cessa de manger et laissa voir une si profonde mélancolie que ses amis en prirent des alarmes.

Un soir on le trouva mort dans le poulallier.

On crut longtemps que le chagrin avait abrégé sa vie ; mais une large blessure qu'il avait reçue sous l'aile avait contribué à sa fin. prématurée.

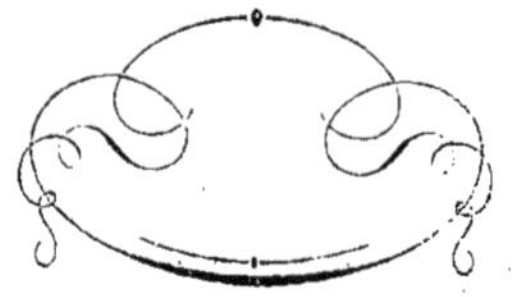

LA REINE DES ABEILLES

u haut d'une colline où se trouvait une ruche nombreuse, la reine des abeilles contemplait une scène magnifique.

C'était le soir, et au fond de la vallée, Dans le lointain, elle apercevait une ville illuminée. Ce spectacle se répétait tous les ans; et chaque fois la mère-abeille passait la nuit entière à considérer d'un œil jaloux cette clarté éblouissante. Mais quel fut son étonnement et sa joie quand elle apprit que les abeilles elles-mêmes fournissaient aux hommes la matière avec laquelle on produisait une si belle lumière.

A cette nouvelle, la reine convoqua ses courtisans. — Pourquoi, dit-elle, ne ferions-nous pas servir à notre propre usage cette cire dont les hommes composent des flambeaux si merveilleux?

Aussitôt les ouvrières se mettent à l'œuvre et exécutent avec empressement les vœux de la reine.

On lui prépare pour la nuit suivante une surprise pompeuse. Sur tous les arbres des environs et sur toutes les branches, on pose une infinité de petites bougies, et quand tout fut prêt, on se félicita d'offrir le spectacle d'une riche illumination à la gracieuse souveraine.

Les courtisans l'invitèrent à se placer sur la cime d'un grand arbre. La reine s'y rendit triomphalement; et elle y trôna longtemps sans jamais rien apercevoir; l'obscurité restait fort profonde, et pas un lampion ne s'allumait. Enfin à bout de patience, elle quitta son arbre et se renferma dans sa cellule.

Le lendemain elle demanda le mot de l'énigme. — Je vous le dirai simplement, répondit un vieux bourdon : nous avons la cire, mais l'homme a le feu.

L'ENFANT INCOMPRIS

N enfant un peu souffrant, et surtout un peu gâté, était allé passer quelques jours chez sa grand'mère qui l'aimait excessivement et le comblait de toutes sortes de douceurs.

La grand'maman lui avait fait faire une chaise haute pour qu'il fût plus commodément assis à table; mais l'enfant la trouvait trop élevée. On la fit couper; alors elle était trop basse. On y mit une planchette; mais l'enfant pleurait, il la trouvait trop dure. On y plaça un coussin; alors elle était trop molle.

La grand'mère, à bout d'expédients, prit l'enfant sur ses genoux et lui promit une nouvelle chaise; mais l'enfant continua à pleurer et à sangloter.

Or le mal n'était pas dans la chaise, mais dans la mauvaise tête de celui qui était assis dessus. C'est ce que la grand'mère n'avait pas compris.

LES BUCHES

RÈS d'une vaste cheminée où brillait une belle et chaude flamme, se trouvaient rangées plusieurs bûches qui contemplaient le feu.

L'une d'elles, plus sotte que les autres, regardait d'un œil jaloux ses anciennes compagnes tout étincelantes dans le foyer. — Oh! qu'elles sont belles! oh! qu'elles sont riches! disait-elle avec l'accent de l'envie; voyez leur vêtement d'or! admirez les rubis qui resplendissent sur leurs têtes transfigurées! entendez-vous comme elles chantent!... Qu'elles sont heureuses! Et moi, que je suis pauvre sous ma rude écorce!

Ainsi parlait la bûche; et elle faisait mille autres réflexions sur l'inégalité du sort et des conditions terrestres. Elle regardait sans doute la cheminée comme un palais enchanté, séjour de tous les plaisirs.

Or elle ne tarda point à être introduite à son tour dans ce brillant palais. C'était l'objet de tous ses désirs. Aussi sa joie fut grande ; et elle ne savait comment répondre aux prévenances des flammes qui l'environnaient de toutes parts.

Mais, hélas ! bientôt des langues de feu se glissèrent sous son écorce, pénétrèrent dans sa moelle et lui arrachèrent des cris de douleur. Une épaisse fumée s'échappa de son sein noirci ; et la malheureuse bûche, brûlante et désespérée, exhala son dernier soupir en maudissant les funestes jouis-sances qu'elle avait si ardemment ambitionnées.

LES DINDONS

NE nombreuse et bruyante troupe de dindons traversait pour la première fois les rues de la ville, sous la conduite d'un pâtre du village. Ces jeunes bêtes, émerveillées de tout ce qu'elles voyaient et ouvrant de grands yeux, s'arrêtaient à chaque pas en poussant des exclamations de surprise; elles restaient en extase devant les brillants étalages des magasins et jasaient toutes ensemble pour se communiquer leurs impressions, et chaque dinde exprimait hautement son désir de passer sa vie dans un aussi beau pays.

Ce vœu fut réalisé : à la porte de presque toutes les maisons on en marchandait quelques-unes; et finalement le pâtre s'en retourna seul dans son village.

Une demi-douzaine de ces dindes avaient été achetées par la cuisinière d'un hôtel où elles furent confortablement nourries.

et logées. Elles s'y trouvaient si heureuses que bientôt elles oublièrent leur pâtre, leur village et les anciennes compagnes de leur enfance. En effet, leurs journées se passaient délicieusement, et elles goûtaient dans une molle oisiveté toute espèce de plaisirs ; quand elles avaient bu et mangé à foison, elles se couchaient au soleil, ou, bien se tenaient debout, tantôt sur une patte, tantôt sur l'autre, la tête enfoncée sous l'aile, s'abandonnant aux rêveries et formant toutes sortes de châteaux en Espagne.

— Oh ! disaient-elles, quelle différence entre cette vie et celle d'autrefois ! Qu'ils sont à plaindre les dindons qui vivent ailleurs que dans le grand monde !

Malheureusement cette félicité fut troublée par un deuil imprévu. Un beau jour la cuisinière, qui jusqu'alors s'était montrée si pleine de sollicitude, vint les visiter armée d'un large couteau ; et prenant entre ses bras la plus grasse des dindes, elle lui trancha la tête sans aucune forme de procès.

Ce meurtre commis en plein jour les épouvanta ; et il y eut dans leur esprit une agitation extrême. Toutefois elles se rassurèrent en se persuadant que la cuisinière ne traitait pas moins bien qu'autrefois celles qui restaient ; et elles se dirent tout bas : — Il faut que notre camarade ait commis un grand crime !

Bientôt on n'en parla plus, sinon que de temps en temps on se permettait de gloser sur la peine de mort.

Mais huit jours n'étaient pas écoulés qu'une autre dinde

subit le même sort que la première. — C'est affreux !
s'écrièrent-elles toutes ensemble ; c'est affreux ! Qu'allons-nous
faire ?

Elles firent ce qu'elles avaient fait auparavant ; elles man-
gèrent et burent et se promenèrent au soleil.

Une troisième dinde tomba sous le fatal couteau, et une
quatrième la suivit de près. — Quelle destinée ! disaient les
survivantes, de mourir si jeunes au milieu des plaisirs ! Quelle
perte irréparable ! quelle désolante séparation !

Cependant elles étaient encore deux pour se consoler, et
elles se consolèrent.

Mais quand la cinquième dinde vint à expirer de la même
façon que les autres, la dernière ne put plus se faire illusion
sur le sort qui l'attendait ; et elle exhalait ses gémissements
en regrettant son ancien pâtre, son hameau, ses amis et sa
vie d'autrefois. — Hélas ! disait-elle en sanglotant, est-ce
donc qu'on ne nous a engraissées dans cette maison que pour
nous faire mourir ?

Cela n'était que trop vrai ; car peu de jours après, elle
tournait à une broche et jaunissait à vue d'œil au feu de
la cuisine.

LE MURIER ET LE SAPIN

N mûrier et un sapin se trouvaient plantés en face l'un de l'autre; et depuis nombre d'années ils se regardaient tranquillement sans se dire un mot. Le sapin rompit le silence : — Mon voisin, lui dit-il, j'ai compassion de vous; vous êtes à plaindre : en hiver vous êtes nu et dépouillé, et en été vous êtes rongé de vers. Que n'êtes-vous de mon espèce! vous resteriez frais et verdoyant toute l'année, et l'on se reposerait en toutes saisons sous votre doux ombrage.

Ce langage n'était point sincère. Le sapin, sous l'apparence de la charité, voulait se faire valoir lui-même, et ne songeait qu'à relever ses propres mérites.

Aussi le mûrier, plus modeste et plus sensé, lui répondit que dans la suite on les jugerait l'un et l'autre à leurs fruits.

En effet, avec le temps, les feuilles du mûrier devinrent de la soie, et ses fruits, d'un pourpre foncé, se remplirent de sucre et de liqueur précieuse. Mais le sapin, toujours vert, fut coupé par le pied, et son bois servit à porter sous terre des dépouilles mortelles.

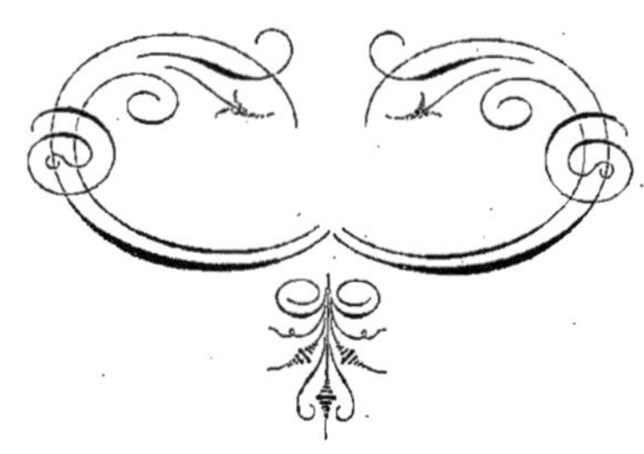

UNE SCÈNE DE BASSE-COUR

N jeune moineau, à peine sorti du nid, contemplait du haut d'un toit les volatiles qui se pavanaient dans la basse-cour. Il les examinait d'un œil curieux et ne pouvait comprendre quels pouvaient être tous ces personnages si richement emplumés. La société était très-variée. D'un côté se promenait un coq, la tête haute et caracolant comme un preux chevalier, autour d'une compagnie de poules élégantes. D'un autre côté, un superbe paon déployait ses plumes étincelantes et semblait tressaillir à la vue de ses propres charmes.

Plus loin, une troupe de canards un peu moqueurs riaient aux éclats ; des oies insouciantes flanaient sur la place en se dandinant, et se regardaient sans rien dire. Ailleurs quelques dindons boursouflés boudaient, je ne sais pourquoi, leurs compagnes et leur tournaient le dos. Non loin de là, plusieurs colombes très-préoccupées s'entretenaient tout bas avec vivacité.

Cependant ces diverses classes de la société conservaient entre elles une rigoureuse étiquette ; et quoique renfermées dans un monde peu vaste, elles ne confondaient pas leurs rangs, et vivaient chacune à part sans faire cause commune.

Le petit moineau ne se lassait pas d'admirer ce bel ordre, et il aurait donné tout au monde pour savoir les noms de ces illustres citoyens.

Or voilà qu'à l'heure de midi, on leur jeta quantité de miettes de pain. Aussitôt le désordre le plus affreux bouleverse la société.

Les oies se précipitent à tire-d'aile et crient comme des folles; le paon court à toutes jambes et laisse sa queue traîner dans la boue ; le coq et les poules accourent en grognant d'impatience; les dindons hors d'haleine arrivent les derniers et renversent sur leur passage les canards qui se battent. C'était un vacarme et un pêle-mêle indescriptibles. On eût dit une ville livrée au pillage. Les poules gloutonnes s'arrachent le morceau et se dépêchent à qui mangera le plus gros et le plus vite; l'une d'elles faillit périr d'une croute avalée de travers.

A la vue de cette scène dégoûtante, le moineau ne revint pas de sa surprise. — Ho ! ho ! dit-il en s'envolant, ces gens-là ne sont pas d'une autre espèce que moi; à leur avidité et à leurs disputes on voit bien que ce sont des animaux.

L'AVEUGLE ET L'OCULISTE

N homme privé de la lumière depuis sa naissance n'avait aucune idée de l'éclat du jour. Il entendait parler du soleil sans savoir ce que c'était; et pour lui, les couleurs, les perspectives, les nuances étaient des mots vides de sens. Il riait même quand on lui parlait de la beauté des fleurs et des splendeurs du firmament.

Cependant un célèbre oculiste étant venu à passer dans le pays où demeurait cet aveugle, on le consulta et on lui demanda si la guérison était possible. L'oculiste examina le malheureux, et assura qu'il pourrait recouvrer la vue s'il se soumettait à l'opération de la cataracte.

On fit cette proposition à l'aveugle. Mais celui-ci s'écria en riant : — A quoi bon? que me reviendra-t-il de cette souffrance?... On me parle, il est vrai, de lumières, de flambeaux et de mille autres choses extravagantes. Mais qu'est-ce que tout cela? et qui me garantit que ce ne sont pas des chimères?

— Il faut sans doute, lui répondit l'oculiste, qu'avant de subir l'opération vous soyez convaincu que ces choses existent; mais pour acquérir cette conviction, il est indispensable que vous receviez les témoignages de ceux qui les ont vues.

L'aveugle résista longtemps. Enfin, vaincu par les instances de ses amis, il se soumit à la cure du médecin.

On le plaça dans une chambre obscure, après l'avoir soumis quelque temps à un régime sévère; puis, d'une main habile et sûre, l'oculiste appliqua son instrument sur le cristallin. Au même instant, l'aveugle s'écrie : — Je vois!... je vois !...

Il voulut instinctivement se précipiter vers la lumière; mais le sage opérateur l'arrêta, de peur de provoquer une nouvelle maladie par le subit éclat du jour. Il ne lui permit qu'après bien des délais et de grandes précautions de contempler l'astre brillant dont il avait si injustement méconnu l'existence.

UN CHATIMENT

LE petit Auguste s'amusait un jour dans la cour avec ses sœurs. Ils cherchèrent du sable, des briques et de la terre glaise, et construisirent avec une admirable dextérité un petit chalet suisse.

A la vue de leur ouvrage si parfaitement achevé, les petites filles s'assirent à terre vis-à-vis de cette merveille de leurs mains et la contemplèrent avec ravissement. Leur jeune frère bondissait à travers la cour, poussait des cris de joie, et frappant de son bâton les portes et les murailles, il ne se possédait plus. Tout à coup il aperçoit sous la corniche de l'écurie un nid d'hirondelles où quatre jolis petits œufs venaient d'éclore. Le turbulent Auguste, dans son délire, tourna son bâton contre ces pauvres oisillons, et les fit tomber à terre, sans compassion pour la pauvre mère, qui voltigeait convulsivement autour de ses petits et semblait implorer grâce et pitié.

Auguste continuait à gambader sans se douter du mal qu'il avait fait; et la nuit étant venue, il alla se coucher, ne pensant déjà plus aux petites hirondelles qui étaient mortes de faim et de froid.

Le lendemain matin, il se leva avec prestesse pour revoir la maison qu'il avait bâtie. Hélas!... Plus de maison, plus de chalet, plus d'autres traces de son œuvre que des pierres dévastées !

L'enfant terrible pâlit de colère; et tournant autour de lui des regards furieux, il accusa tout à la fois le jardinier, le portier, le domestique, la cuisinière, menaçant tout le monde; et enfin, les yeux baignés de larmes, il court chez son père et lui raconte en sanglotant ses désastres. Le père, après l'avoir écouté, le regarda fixement. — Sais-tu, lui dit-il, qui a renversé l'édifice qui a exalté ta tête? C'est ton père lui-même. La jouissance de ton bien t'a rendu insensible aux maux des autres; et maintenant tu peux juger du désespoir des hirondelles par ta propre douleur.

LE GARÇON DE LABOUR

MATHIAS travaillait en qualité de garçon de labour chez un riche cultivateur. Il avait la charge de bêcher la terre et faisait plus de besogne que beaucoup d'autres. C'était un brave et robuste garçon; il aimait le travail et il chantait en conduisant ses bœufs; et quand il rentrait, le front couvert de poussière, il mangeait avec appétit son pain noir et dormait comme un bienheureux.

Cependant le maître, touché de l'assiduité de son garçon, voulut le soulager d'une partie du travail, et prit à son service deux nouveaux serviteurs; en sorte que Mathias n'avait presque plus rien à faire. Il se couchait de bonne heure, se levait tard, et malgré son désœuvrement, il ne trouvait plus le temps d'achever son facile ouvrage.

Le maître, qui avait été si bon pour lui, se montra plus

sévère. Mais Mathias était devenu mou et paresseux ; il murmurait en lui-même contre les exigences de son maître, se plaignait de la nourriture et répondait avec humeur aux réprimandes qu'il méritait.

Alors le maître se mit en colère : — Maraud, lui dit-il, tu allais bien quand tu étais accablé d'ouvrage ; et maintenant que tu n'en as presque pas, tu ne fais plus rien. Va, retourne à ta première besogne, et mange ton pain à la sueur de ton front !

Mathias reprit sa charrue, et redevint laborieux et honnête.

LA CAVERNE DE L'ÉLÉPHANT

N formidable éléphant qui faisait profession de ne rien craindre, avait signalé sa bravoure dans maintes batailles. Il s'était emparé d'une caverne creusée dans les montagnes de l'Hymalaya, et prétendait rester maître de la contrée. Aussi nul animal n'osait l'approcher; les tigres eux-mêmes le redoutaient; et plus d'un lion furieux avait reculé devant la trompe du géant. Celui-ci, grâce à la terreur qu'il répandait au loin, n'avait autour de lui que des amis serviles qui le flattaient et pourvoyaient à sa subsistance.

Cependant un soir il entendit au fond de sa retraite un bruit inaccoutumé. Qu'était-ce que ce bruit? L'éléphant chercha partout sans rien découvrir. Bientôt le tapage recommence, et l'éléphant rugit de colère; il prépare ses armes et renouvelle ses investigations. Ce ne fut qu'après plusieurs semaines que l'éléphant découvrit dans sa grotte une étrange bête dont la queue traçait un sillon dans la poussière. A cette vue, il jette un cri et recule d'effroi ; ses forces l'abandonnent ; il tremble, et plein de dégoût, il sort précipitamment de sa caverne pour ne plus y rentrer.

Le départ du potentat produisit une grande sensation sur la montagne ; on se perdait en conjectures sur les causes de cette subite émigration, et on ignorait quel hôte avait chassé l'invincible éléphant.

Ce nouvel hôte, c'était..... une souris !

— Est-il possible, disait-on avec surprise, qu'après avoir terrassé des tigres et des lions, on cède la victoire à la plus timide des bêtes ?

LE COUSIN

RÊLE et maigre comme la pointe d'une aiguille, un petit cousin était tombé dans son enfance entre les mains d'un savant, qui, dans l'intérêt de la science, l'avait fait servir à une expérience microscopique. Ce fut son malheur; car s'étant contemplé lui-même dans le verre perfide, il se crut un géant, et sa présomption s'étant élevée à la mesure de sa prétendue taille, il se regardait comme l'égal des plus puissants oiseaux. Sans règle et sans frein, ivre de jactance, ennemi du travail, il s'en allait, flânant à travers les airs, au gré de ses caprices, persifflant les grands et les petits, et fredonnant ses médisances aux oreilles de tout le monde.

C'était à ne plus y tenir. On l'évitait, on le fuyait, on redoutait son importunité; tandis que lui, non moins agile que téméraire, ne craignait personne, et attaquait de front les animaux et les hommes. Et quand, à l'aide de sa mauvaise langue, il les blessait au vif, il se riait de leur courroux et se moquait de leur vengeance.

Un jour, l'orgueilleux diptère s'était particulièrement exalté; il avait lassé la patience des plus pacifiques; et tout gorgé de sang, il planait victorieusement dans les régions aériennes, chantant au soleil sa gloire et son indépendance. Il eût défié dans ce beau moment toutes les puissances de la terre.

Mais un léger vent qui soufflait de l'aquilon le fit chavirer; et le cousin donna de la tête contre un fil presque imperceptible qu'une petite araignée avait suspendu en l'air.

L'araignée n'était pas plus grande que la tête d'une épingle; mais intrépide et déterminée, elle le presse dans ses serres, l'étreint, l'enveloppe et lui suce le cœur.

La douleur du cousin, s'il en éprouva, ne fut pas longue; mais on put comprendre à ses cris combien il se trouvait humilié d'être la proie d'un vil insecte, tandis qu'il se croyait invincible et supérieur à tous les mortels.

UN CHASSEUR ET SON CHIEN

N jeune ouvrier d'une famille pauvre mais honnête avait eu l'imprudence de fréquenter des compagnons désœuvrés, et il leur devint semblable. Peu à peu il cessa de travailler, et venant à manquer de ressources, il contracta une dette de cinquante francs qu'il ne parvint point à acquitter. Son créancier inexorable le cita devant le juge et le fit mettre en prison.

A cette nouvelle, les parents désolés s'adressèrent à un riche commerçant pour obtenir l'avance de la somme qui dût libérer leur fils ; car, disaient-ils, renfermé avec des malfaiteurs, notre enfant achèvera de se pervertir, et nous risquons de le perdre à jamais.

Mais le commerçant n'eut pas le temps de les écouter, il partait précisément pour la chasse, et son chien le pressait et trépignait autour de lui en grommelant. Il trouvait d'ailleurs qu'on lui demandait une trop forte somme, vu le grand nombre de pauvres; et il craignait qu'on ne trompât sa religion.

Il s'en alla donc, le fusil sur l'épaule, sans se préoccuper davantage des malheureux qui l'avaient importuné.

Le soir, à son retour, après avoir déposé son carnier et le gibier, il s'aperçut que son chien manquait à l'appel. En vain il sifflait et cherchait; le chien s'était égaré.

Le lendemain on put lire sur les murs de la ville cette affiche en grosses lettres : Cinquante francs de récompense à qui ramènera le chien perdu.

MAITRE CANICHE

ANS une populeuse forêt, un savant caniche avait ouvert une école où il prétendait donner une éducation parfaite aux animaux de toute espèce.

Cette école fut en effet très-fréquentée, à cause de la réputation du pédagogue; et l'on y voyait assis sur les mêmes bancs de jeunes lionceaux, des singes, des veaux, des poulains, des ânons, des écureuils.

Cependant les progrès des élèves ne répondaient ni aux doctes instructions du maître ni à l'attente des parents, et presque chaque jour ceux-ci venaient se plaindre de la mauvaise éducation de leur progéniture.

Tantôt c'était le lièvre qui déplorait l'excessive timidité de ses enfants; tantôt le loup se désolant de la voracité des siens. Le tigre trouvait son fils trop audacieux : — Et ce défaut, disait-il au caniche, me semble d'autant plus étrange que feue leur mère était la meilleure des mères; et moi-même je suis d'une humeur habituellement placide et douce.

Vint le cheval à son tour : — Maître caniche, fit-il d'une voix accentuée, mes poulains acquièrent des talents, j'en conviens; ils prennent de bonnes manières; mais ils contractent l'habitude de donner des coups de pieds à tous venants; cela ne fait pas honneur à votre école.

Puis arrive le singe avec mille et mille griefs sur la malice incorrigible de ses quatre garçons : — Où donc ces petits drôles, dit-il, ont-ils appris leurs espiègleries? à coup sûr, ce n'est pas chez moi.

Bientôt le lion se présente tout effaré : — Docteur caniche, mon fils manque de la première de toutes les vertus, il est orgueilleux et insolent; je vous l'ai dit et vous le répète, si vous ne le rendez plus modeste, je le retire de l'école et le fais élever sous mes propres yeux.

Enfin tour à tour les parents irrités accourent et font entendre les mêmes doléances. L'ours, en peu de mots, soutient que ses oursons deviennent trop lourds; le renard craint que ses petits ne soient trop rusés; ceux de l'écureuil trop étourdis; le porc et sa laie racontent en grognant qu'on a beau laver trois fois par jour leurs marcassins; toujours ils rentrent de l'école sales et crottés. L'âne, l'âne lui-même, qui jusqu'alors s'était si constamment montré admirateur des méthodes nouvelles, vint faire une scène au caniche au sujet des jeunes ânons, et il jura d'une voix lamentable que la science les avait rendus stupides.

Maître caniche finit par se lasser : — Chers amis, dit-il aux divers habitants de la forêt, commencez par former vous-mêmes le naturel de vos enfants, donnez-leur l'exemple; puis envoyez-les à l'école.

LES TROGLODYTES

N célèbre philanthrope de Nuremberg joignait à l'étude des lois un grand zèle pour les progrès de la civilisation et le bonheur du genre humain. Sans sortir de son cabinet, où le retenaient ses infirmités autant que ses travaux scientifiques, il discourait sur les plaies de la société et indiquait des remèdes judicieux pour les guérir.

Mais, non content d'élaborer les matériaux de ses ouvrages, il eut un jour la pensée de visiter les pays étrangers; et avant tout, il voulut connaître les Troglodytes dont on racontait des merveilles.

Il s'embarqua; et après une navigation constamment heureuse, il put enfin contempler de ses propres yeux cette république qui était le type de la perfection. Quelle régularité! quelle paix! quelle harmonie!

Les Troglodytes étaient parvenus, par les seules forces de leur génie, à former une société modèle. Ils n'avaient ni rois, ni pontifes, ni soldats, ni magistrats, ni police, ni médecins, ni avocats. Ils ne connaissaient aucune distinction de rang, aucune hiérarchie; chaque citoyen faisait ce qu'il voulait et ne rencontrait d'opposition nulle part. Les malades se guérissaient les uns les autres; les riches partageaient avec les indigents; les débiteurs payaient leurs dettes sans procès; les voleurs se rendaient en prison de leur propre gré; et les condamnés à mort, s'il y en avait, s'exécutaient eux-mêmes. Il va sans dire qu'aucun des fléaux qui bouleversent les autres régions de la terre ne troublait jamais la félicité sereine des Troglodytes.

Ce peuple n'avait qu'un seul défaut : il n'existait pas.

Le philanthrope de Nuremberg avait fait un rêve. Il s'était endormi; et à son réveil, il se trouvait étendu sur son fauteuil, en face de ses livres, de ses cartes, de ses infirmités et d'une bouteille vide.

LES COMPLAINTES D'UNE PUCE

CCABLÉE d'années, une puce était en proie aux peines les plus cuisantes, et racontait d'un ton larmoyant les nombreuses déceptions qu'elle avait subies depuis son enfance.

Née avec un cœur sensible, elle s'était tendrement attachée à une brave femme dont la jarretière lui servait d'asile ; mais par un fatal enchaînement de circonstances, elle fut accusée de je ne sais quelle injure ; en sorte que cette vieille, blessée au vif, lui donna congé.

Bien plus, l'innocente créature, pour se soustraire aux poursuites de la justice, fut obligée de changer de quartier. Elle alla se réfugier dans la manche d'un conscrit, sans y trouver un instant de repos ; puis sur le dos d'une revendeuse ; mais celle-ci, femme sans cœur, ne répondait aux caresses de la puce que par des accès d'humeur et d'impatience. Force fut donc à la pauvre exilée de déménager encore ; elle parcourut successivement plusieurs classes d'écoliers, puis des logements de servantes et de cantinières ; et partout elle se voyait méconnue, incomprise, persécutée. Bref, elle prit tellement en grippe toute la race humaine qu'elle jura de ne s'attacher désormais qu'aux animaux.

Hélas ! là encore, point de sympathie ; et les chiens non-seulement la pourchassaient de leurs dents meurtrières, mais ils menaçaient de l'engloutir toute vivante. La puce était aux abois ; son caractère se rembrunit de plus en plus ; et dans ses accès de misanthropie, elle s'écriait : — Comment se fait-il que je ne trouve pas un ami sur la terre ? qu'ai-je fait aux hommes et aux animaux pour exciter leurs injustes ressentiments ? par quel destin fatal toutes les créatures se liguent-elles contre moi pour m'accabler ?

Ainsi soupirait la puce, et elle se lamentait et elle versait des torrents de larmes.

Mais parmi tant de griefs, elle ne pensait point à une chose : c'est qu'elle-même avait fait le tourment des autres, et qu'ainsi elle était, elle seule, la cause de ses malheurs.

Cette pensée, dis-je, ne lui était jamais venue à l'esprit ; et comme il n'y avait personne qui osât lui parler franchement, elle ignorait la vérité, et se maudissait elle-même en maudissant le genre humain.

LE CAPITAINE DE VAISSEAU

HARGÉ d'hommes et de marchandises, un vaisseau voguait depuis longtemps sur le vaste Océan, et ne pouvait avancer à cause du calme qui régnait sur la mer. Pas le moindre souffle n'enflait les voiles; le vaisseau était comme frappé d'immobilité : le capitaine dormait dans sa cabine, et les passagers blâmaient son indolence. Les mousses principalement glosaient entre eux. — Oh! disaient-ils, si l'un de nous était capitaine, cela irait autrement, et nous saurions bien, à force de manœuvre, faire marcher le navire.

Cependant le ciel devint sombre; des coups de tonnerre se firent entendre dans le lointain, et bientôt la tempête se déchaîna.

Dans ce péril extrême, le capitaine ne perd pas un moment. Il ordonne de replier les voiles, d'écouler l'eau qui submerge le pont, et met tout son monde en mouvement. Les matelots étaient haletants de fatigue ; et les mousses, après avoir été contraints de travailler une journée entière et toute une nuit, murmuraient hautement contre le capitaine : — Que cet homme est barbare ! se disaient-ils les uns aux autres ; c'est un cœur sans pitié !

Or la tempête s'était apaisée, et les voyageurs voulurent débarquer dans une île commerçante pour échanger leurs marchandises ; chacun espérait dans cette circonstance augmenter sa fortune.

Mais le capitaine ne consentit ni à s'arrêter ni à grossir la charge du bâtiment, malgré les instances des passagers courroucés, qui disaient entre eux : — Le capitaine est riche et avare ; c'est pourquoi il ne songe qu'à ses propres intérêts.

Le vaisseau avait à peine repris la haute mer qu'un effroyable coup de vent le poussa contre un banc de sable et le fit chavirer. Un horrible craquement se fit entendre, et déjà les flots y entraient avec impétuosité. Alors les voyageurs poussèrent des clameurs. Le capitaine tenta une dernière ressource ; il lia le vaisseau avec les cordages, coupa les mâts, fit jeter à la mer les bagages et les marchandises ; et à force d'intelligence, au péril de sa propre vie, il réussit à reprendre la mer.

Peu de jours après, grâce à un vent favorable, ils entrèrent au port. Mais à la vue de ce vaisseau démâté, brisé et dépouillé de ses trésors, on incrimina le capitaine. Matelots et passagers oubliant qu'ils lui devaient la vie, déposèrent contre lui et demandèrent sa condamnation.

LES DEUX COMPAGNONS

ERMAN et Conrad étaient deux camarades qui avaient fait ensemble leur apprentissage. Ils se connaissaient depuis leur enfance; mais leur amitié provenait d'une conformité de goûts et d'intérêts; elle n'avait pas de racines dans les cœurs.

Un jour, c'était un dimanche, nos compagnons avaient mis dans une même bourse leurs épargnes de la semaine pour faire une partie de plaisir. Ils se rendirent au bord de l'eau et s'embarquèrent dans une élégante nacelle, heureux de glisser avec légèreté sur le fleuve. Cependant, après avoir fait plus d'une libation, ils s'abandonnèrent aux zéphirs qui les poussaient, et s'endormirent sur le liquide élément.

Tout à coup la barque heurte contre la pointe d'un roc, et les camarades se réveillent dans l'eau. La nacelle s'était renversée, et le malheureux Conrad, qui ne savait pas nager, est emporté par le courant, tandis que Herman plus habile atteint le rivage.

Son ami luttait contre les flots et appelait au secours! Mais Herman levait ses mains vers le ciel en déplorant le malheur de ne savoir pas bien nager. — Oh! cher Conrad, s'écria-t-il, faut-il que je te voie périr sous mes yeux sans pouvoir te sauver!

Il parlait encore et se désolait, quand déjà son ami n'était plus.

En jetant un dernier regard sur le rivage, Herman aperçoit le chapeau de Conrad qui flottait à la surface de l'eau. — Quel dommage! soupira-t-il, de laisser perdre ce chapeau tout neuf!

Il dit, et prenant son élan, il se jette à la nage et repêche le chapeau de son compagnon. — Je le garderai, dit-il, comme un souvenir de mon ami!

LE BÉLIER

L y avait, dans une petite vallée de la Suisse, un troupeau de moutons très-nombreux qui florissait sous la protection d'un vieux bélier, ancien montagnard plein d'expérience. Il connaissait parfaitement les gras pâturages et savait éviter les dangers; il était intrépide sans présomption et sans témérité. Aussi, à juste titre, les moutons avaient en lui une telle confiance qu'ils le suivaient aveuglément, et tout ce que le bélier faisait et voulait, les moutons le voulaient et le faisaient comme lui.

Cependant le sage mentor fit une maladie et mourut. Un autre fut mis à sa place. C'était un jeune bélier, agile et léger, qui bondissait sur les montagnes sans craindre ni les piéges ni les loups. Ses imprudences devinrent fatales aux moutons; car un jour qu'il s'était jeté dans un précipice, ils sautèrent tous, les uns après les autres, dans le même gouffre, et y laissèrent leurs peaux.

Le berger désolé, qui avait donné à son troupeau un guide sans expérience, maudissait l'audacieux bélier ; mais il eut tort, car il ne devait attribuer qu'à lui-même la perte de ses moutons.

L'OPTICIEN

assionné pour la science, un opticien avait découvert, à force de travail, un procédé pour façonner les verres avec une perfection telle que, moyennant sa magique lentille, on pût contempler dans la lune toutes les merveilles que les savants en racontent.

Outre les progrès que cet instrument devait procurer à la civilisation, l'opticien comptait aussi sur la gloire qui lui en reviendrait à lui-même. C'est pourquoi il était infatigable à son œuvre, lui sacrifiant tout son temps, ses jours, ses nuits, sa fortune et sa santé.

Enfin, après vingt années de labeurs, son œuvre arrivait à terme, et il ne fallait plus qu'un dernier coup de main pour la produire au monde.

Cependant les longues veilles avaient affaibli les yeux de

l'opticien, et sa trop grande application avait fini par obscurcir entièrement sa vue ; en sorte qu'au moment de jouir des bénéfices d'une invention à laquelle il avait consacré son existence entière, il devint aveugle, et son œuvre resta inutile.

Il passa le reste de ses jours dans la tristesse, répétant toujours cette même parole : — A quoi servent les télescopes, quand on est aveugle ?

LES AVENTURES D'UN RENARD

N renard aux cheveux roux, à la cervelle un peu timbrée, avait fait ses délices des œuvres de La Fontaine. Il les lisait et les relisait sans cesse, prenant à la lettre ce qui n'était que fable, et s'imaginant de bonne foi que les renards seuls avaient de l'esprit, du jugement, tandis que les autres bêtes n'étaient que des imbéciles.

Il se regardait comme un personnage d'importance, comme un héros de roman; et s'étant mis cela dans la tête, il brûlait de se signaler par quelques aventures mémorables, afin de laisser à la postérité un nom digne de lui.

A peine eut-il quitté sa tanière, plein de projets et d'espérances, qu'il aperçoit sur un arbre le classique corbeau tenant dans son bec, non pas un fromage, mais quelque autre morceau non moins friand.

— Ah! la bonne aubaine, dit-il en palpitant de joie, voilà mon affaire! Et s'avançant vers le corbeau, il le salue d'un air goguenard, et lui récite le bonjour de la fable avec emphase et force compliments.

Le corbeau, à ce bruit, parait plus effrayé que flatté; il s'envole et laisse tomber sur la gueule béante du renard un os rongé qui lui cassa trois dents; ce qui, pour un renard, comme pour tout autre animal, est chose fâcheuse.

Cependant notre héros ne se découragea pas. Il se remit en course un peu moins alerte, moins brillant, mais toujours content de lui-même.

La vue d'une cigogne le ranime. — Cette cigogne, dit-il, est peut-être la même qui dîna chez mon grand'père le jour de sa fête; elle a été dupe, elle le sera encore.

Sur cela, il l'aborde. La cigogne recule; il la suit; il veut s'expliquer. Mais la cigogne effarouchée ne lui en laisse pas le temps; elle allonge son bec et lui crève un œil.

C'en était trop pour le premier jour. Le renard sentit le besoin de se reposer; ses pensées devinrent sombres. — Oh! disait-il en soupirant, que les mœurs sont changées! que les animaux sont dégénérés! Où sont-ils les héros des anciens temps! il n'y a plus dans mon siècle rien de grand, rien de poétique, rien de sublime!

Ces réflexions l'ayant empêché de dormir, il se leva avant le soleil, tournant ses pas vers d'autres contrées et cherchant d'autres aventures; mais en réalité, il souffrait la faim, le froid, la fatigue; et sur son passage les oiseaux s'envolaient, les chiens aboyaient, les chasseurs menaçaient. Enfin il aperçoit de loin un loup qui courait à toutes jambes. A cette vue, notre héros reprend courage. Il se souvient que ses ancêtres avaient été maintes fois heureux d'unir leurs ruses à la force du loup. Il se met donc à courir après lui et l'appelle à grands cris. Il allait l'atteindre, quand une balle malencontreuse, qui ne lui était pas destinée, vint le blesser à la jambe et le renverser dans la poussière !

Oh ! destin cruel ! Le pauvre renard se lamentait; et dans son délire, il maudissait l'invention de la poudre, contre laquelle, disait-il, la bravoure échoue et le meilleur esprit ne peut rien.

Cependant la faim le presse; il se remet le mieux qu'il peut sur pied et médite un dernier coup : c'est la volaille qui le tente; et il prend si bien ses mesures que tous les obstacles cèdent à son audace.

Au point du jour, il escalade une ferme, et tombe sur la basse-cour comme une bombe. Mais l'alerte est au camp; les chiens se démènent, les poules crient au secours ! les coqs se dressent sur leurs batteries. Dans ce moment critique, l'aventurier songe à fuir; il a repassé la barrière; il n'a plus qu'un saut à faire, quand il se sent arrêté par la queue. C'est un gros chien qui l'a saisie, et qui, dans la violence du combat, la lui arrache tout entière. A ce prix il regagne les champs.

Que va-t-il faire? que va-t-il devenir? Criblé de bosses et de blessures, privé d'un œil, d'une patte et de sa queue, la bouche dégarnie et l'estomac vide, il hurla de désespoir et résolut de finir par la pendaison le cours de ses entreprises. Mais la corde céda; et le pauvre renard, ne pouvant se dégager, devint la risée des animaux qui passaient par le chemin. — Hélas! soupirait-il, que mes exploits me coûtent cher! j'ai perdu mon temps, ma santé, mon honneur et ma liberté!

On raconte que longtemps après, le renard, corrigé par l'expérience, écrivit ses mémoires pour servir de leçon aux bêtes qui étudient les réalités de la vie dans les poëtes et les romans.

LES DEUX BŒUFS

EUX jeunes bœufs nés dans le même village se connaissaient depuis leur plus tendre enfance; car ils avaient bondi et brouté ensemble sur les vertes collines; et comme deux bons camarades, ils s'aimaient et n'avaient rien de caché l'un pour l'autre. Leur seule inquiétude c'était leur avenir; et cette inquiétude ne tarda pas à se justifier.

Un jour leur maître les conduisit au marché pour les vendre; et les deux amis étaient là tremblants de peur d'être séparés. Heureusement qu'un brave laboureur qui cherchait une paire de bœufs pour la charrue, vint au marché et les acheta. Dès le lendemain, il les mit ensemble sous le joug et les mena aux champs.

Les premiers jours, les deux camarades se félicitaient de leur sort, et ils regardaient avec joie les nouveaux liens qui les rendaient inséparables.

Cependant peu à peu ces liens les gênaient. Ils mugis-saient souvent de se trouver trop près l'un de l'autre; ils se reprochaient, tantôt de marcher trop vite, tantôt trop lentement, tantôt de tirer trop fort, tantôt trop faible; et ils se froissaient et heurtaient leurs cornes par leurs mou-vements irréguliers. Chacun attribuait à son voisin la cause de ses maux; et leur ancienne amitié, venant à se refroidir, se changea en dégoût et en aversion. Oh! qu'ils se trou-vaient malheureux d'être forcés de vivre à côté l'un de l'autre!

Libres, ils aimaient à vivre ensemble; contraints, ils n'aspiraient qu'à se séparer! Bon gré mal gré, ils durent porter leur joug jusqu'au dernier soupir, et ensemble ils furent conduits à la boucherie, où finit leur histoire.

LA FLEUR PRÉCOCE

NE petite fleur (c'était, je crois, une primevère) était impatiente de paraître au jour. Elle avait senti, dès le mois de février, les doux rayons du soleil qui venaient la réchauffer jusque sous terre. Alors elle se dit en elle-même : — J'ai bien envie de pousser et de me produire ; car il fait sombre ici-bas, et je me trouve à l'étroit. Pourquoi tarderais-je ? il doit faire si bon et si chaud sous la voûte du ciel ! Allons, prenons les devants ; entrons dans le grand monde !

Aussitôt dit, aussitôt fait.

La primevère se gonfle, se dilate, s'allonge avec effort, et arrive enfin toute radieuse en plein vent. La jeune fleur était à peu près la seule de son espèce dans la vaste campagne ; mais elle était fière et portait haut sa tête blonde : — Pourquoi, disait-elle, les autres fleurs ne font-elles pas comme moi? elles jouiraient plus tôt du soleil et vivraient plus longtemps.

Elle parlait encore, lorsque, à la nuit tombante, un souffle du Nord glaça toutes ses fibres. Le lendemain matin une gelée blanche acheva de lui ôter ses forces et ses couleurs.

Quand, un peu plus tard, les filles du printemps vinrent s'épanouir au soleil, la pauvre primevère végétait pâle et languissante ; et bien avant la belle saison, elle n'existait plus.

LES CONSULTATIONS

LFRED venait d'achever ses études, et son père lui avait laissé le choix d'un état. — Que deviendrai-je? se disait-il tous les jours; quel sera mon rôle dans le monde? quelle sera ma carrière et ma destinée?

Telles étaient les pensées et les préoccupations du jeune homme.

Il ne sentait de goût particulier pour aucune profession, et il aurait volontiers embrassé celle qu'on lui eût indiquée; mais il était d'un caractère indécis, et il consultait tout le monde sans discernement.

— Il faut se résoudre, se dit-il. Soit! je deviendrai médecin.

Et il se rendit chez un célèbre docteur pour le consulter. Celui-ci montra au jeune homme les inconvénients qu'on rencontre dans l'art de guérir, et vu le grand nombre de médecins, il lui conseilla d'embrasser la profession d'avocat.

Alors Alfred tourna ses pensées vers le barreau. Il s'adressa à un avocat de renom, qui, tout en félicitant le jeune homme sur sa noble ambition, l'engagea à bien considérer les épines et les déceptions d'une si ingrate carrière. — D'ailleurs, ajouta le jurisconsulte, il y a dans notre ville si peu de procès et tant d'hommes de lois que vous feriez difficilement votre chemin.

— S'il en est ainsi, repartit le jeune homme, veuillez m'indiquer ce que je dois faire.

L'avocat lui insinua de se faire marchand.

— Bon! dit Alfred en lui-même, cette carrière me sourit; elle est lucrative.

Il se rendit en conséquence chez l'un des premiers négociants de la ville et le consulta sur son projet. — Gardez-vous-en bien, lui dit le négociant : les affaires ne vont plus comme autrefois; vous y laisseriez votre fortune. D'ailleurs la chance de l'industrie vous présenterait une perspective plus vaste et plus brillante.

Cette idée plut au jeune homme. Il voulut se faire industriel et en référa à des spéculateurs émérites. Mais tous l'en dissuadèrent; en sorte qu'Alfred, hésitant de plus en plus, savait moins que jamais quel parti prendre.

Il eut la pensée d'entrer dans une école militaire, et s'en expliqua avec quelques-uns de ses camarades qui avaient le même projet. Mais ses concurrents lui firent sentir combien il aurait peu de chances de parvenir.

Le pauvre Alfred était déconcerté; et plus il consultait, moins il savait se décider.

Son père, qui était un vieillard plein de sens, lui dit :
— Mon fils, en demandant des conseils à un homme, sachez auparavant quels sont ses intérêts ; car la plupart ne se regardent qu'eux-mêmes dans ce qu'ils conseillent aux autres.

Alfred pria le Seigneur afin que la Providence lui fût favorable; et consultant son propre cœur, il embrassa l'état de son père.

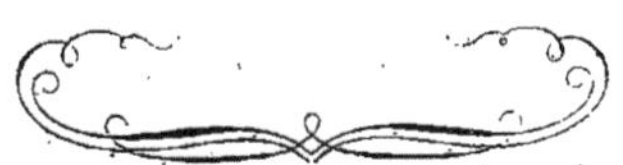

LE ZÈLE DU VOISIN

’ÉTAIT au commencement de l’été. La campagne était belle mais un peu desséchée. Les pluies avaient manqué, et pendant l’absence du propriétaire, les jardiniers avaient laissé croître la mauvaise herbe.

A la vue du fâcheux état des terres, un voisin se présenta tout courroucé : — Que faites-vous donc? dit-il aux serviteurs. Vous laissez dépérir les biens de votre maître! Allons, mettez-vous à l’œuvre et suivez mon exemple!

Là-dessus, emporté par son zèle, il donna des ordres comme s’il était maître et seigneur. Il ouvrit les écluses, et submergea les terres, sous prétexte de les arroser; il fit abattre les plus beaux arbres pour les dépouiller des chenilles qui rongeaient quelques branches, arracha les fleurs et même les épis du blé, parce qu'il s'y était mêlé des mauvaises herbes ; et bouleversant à tort et à travers tout ce qu'il rencontrait sous la main, il compromit les récoltes et la moisson.

Quand le propriétaire revint, il trouva son domaine dévasté. Ce propriétaire était heureusement d'un caractère pacifique. Il n'éleva pas sa voix contre l'audacieux voisin; il ne frappa point les serviteurs imprudents qui avaient suivi ses conseils; mais il leur adressa des paroles graves. — Il n'était pas nécessaire, leur disait-il, d'abattre les arbres pour les purifier; il ne fallait pas se hâter d'arracher l'ivraie au risque de nuire aux plantes salutaires.

Les terres si profondément bouleversées par le faux zèle du voisin eurent besoin de bien du temps et de soins intelligents pour redevenir bonnes et fertiles.

L'ILE DES FOLIES

oussé par des vents contraires, et long-temps égaré sur des mers inconnues, un voyageur aborda une plage située aux confins du monde.

C'était une île tout à fait extraordinaire. Le pays était beau, le sol fertile; de hautes montagnes chargées de forêts entrecoupaient les plaines et les vallées. Tout parut aimable au voyageur, excepté les habitants qui semblaient tous avoir un grain de folie.

C'étaient de très-petits hommes, aux jambes courtes, les bras faibles, la vue basse. Ils couraient de tous côtés sans savoir où ils allaient, et dans leur empressement, ils se coudoyaient, s'entre-choquaient et s'agitaient en tous sens.

— Où suis-je? se demanda le voyageur; qu'est-ce que ces créatures humaines?

Ils portaient d'ailleurs un singulier costume ; tous les

membres de leur corps étaient renfermés dans une espèce de fourreau de diverses formes et couleurs ; une bandelette étroite enserrait leur cou et les empêchait de respirer ; sur leur tête ils portaient une tour plus ou moins haute qui imprimait sur leur front un cercle rouge ; leurs pieds étaient enclavés dans une étroite prison. Ainsi affublés, ces petits hommes bâtissaient des demeures qu'ils élevaient aussi haut que possible ; et comme ils avaient la prétention de voir fort clair, plusieurs se nichaient pendant la nuit sur le haut des toits, d'où ils contemplaient la lune et les astres, annonçant au juste la distance d'une étoile à l'autre.

Les habitants de cette île étrange ne vivaient pas long-temps, et une de leurs grandes occupations était de s'enterrer les uns les autres ; et alors ils témoignaient leur douleur par la nuance de leurs vêtements. Mais d'ordinaire, tout en pleurant leurs morts, ils se faisaient mourir les uns les autres de chagrin ou par des instruments inventés exprès à cet effet. La forme de leur gouvernement avait quelque chose de singulier. Tous se disaient princes, excepté le prince lui-même. Il y avait un roi, mais on ne le tolérait qu'à la condition de rester immobile sur son trône sans se mêler des affaires. Il y avait aussi des juges, mais ils n'avaient pas le droit de juger. Il y avait des prisons, mais elles étaient vastes et commodes, afin que les prisonniers y fussent à leur aise.

Notre voyageur ne revenait pas de sa surprise. Mais son

étonnement augmenta quand on lui parla de la religion du pays. Tous assuraient que leurs actions et leurs pensées n'avaient d'autre but que de servir leurs dieux.

En effet, c'était là le mobile de leur infatigable activité. L'étranger, curieux de voir l'intérieur du temple, obtint la permission de le visiter.

Mais alors quel spectacle frappa ses regards ! Au fond d'une immense enceinte se trouvaient trois idoles. La première était une peau humaine, ornée d'une figure belle mais creuse ; elle s'élevait et s'abaissait à volonté ; les idolâtres se prosternaient devant elle et lui offraient de l'encens et des sacrifices.

L'autre dieu était une pièce de monnaie jaune, à laquelle tout le monde accordait une sorte de toute-puissance ; et un grand nombre de ces gens auraient mieux aimé mourir que de perdre ses faveurs.

Mais la troisième idole surpassait en singularité les deux autres. C'était une grande table chargée de viandes, de sauces et de ragoûts. Ce dieu était l'objet des adorations les plus ferventes ; et pour l'aborder, on affrontait les plus grands périls sur terre et sur mer.

Le voyageur, après avoir examiné ces choses, devina le nom du pays où il se trouvait ; et il avait hâte d'en sortir, de peur de devenir insensé lui-même. Il se retira au bord de la mer, attendant avec impatience le passage du vaisseau qui le transporterait dans sa patrie.

LE GRAIN DE SABLE

ON enfant, disait souvent un père à son fils, pour ne pas tomber dans de grandes fautes, il faut éviter les petites; car toute faute, aussi légère qu'elle soit, blesse la conscience et met l'âme en péril.

Tant que le jeune enfant avait suivi ce conseil, il était joyeux et content. Mais en grandissant, il prit l'habitude d'interpréter à sa guise la parole de son père; et peu à peu il perdit la rectitude du jugement et de la conscience.

Un jour, à la vue d'une pomme qui se balançait à une branche, il se dit en lui-même : — Pourquoi ne mangerais-je pas ce fruit mûr? quel mal cela pourrait-il faire à mon âme? En tous cas, la faute, si c'en est une, ne serait que légère, et elle ne me pèserait pas plus qu'un grain de sable.

Séduit par ce raisonnement, il se hâte de cueillir le fruit

savoureux et le porte à sa bouche. Personne ne l'avait vu ; mais la vitesse du mouvement fit tomber un grain de sable dans l'œil du gourmand.

Le pauvre garçon se frotta les yeux qui se remplirent de larmes ; et sa douleur fut si vive qu'il ne put même pas goûter sa pomme.

Ce n'est pas tout : l'œil malade s'enflamma ; et à force de le frotter, l'enfant perdit la vue.

Pendant ses longues insomnies, le petit raisonneur eut le temps de comprendre le mystère du grain de sable.

LE MAGASIN DE JOUJOUX

UCIEN, petit garçon de six ans, avait un bonhomme de bois qu'il aimait beaucoup.

C'était un joujou ordinaire, fort ébrèché, démembré et démantelé; mais il avait des charmes pour Lucien qui le contemplait toujours avec un nouveau plaisir. Il lui parlait, le grondait, le frappait, le tuait, puis lui rendait la vie.

C'est dans ces sortes de jeux que le bonhomme avait perdu successivement ses membres les plus essentiels : mais l'enfant ne s'en apercevait pas; il possédait dans son imagination le type entier de son joujou et y attachait de naïfs souvenirs.

Un jour sa mère, pour le récompenser, le conduisit dans un magnifique magasin de joujoux.

Mais quelle fut sa surprise au spectacle de tant de

belles choses ! Il y avait là des voitures et des chevaux, des trompettes, des tambours, des théâtres, des lanternes magiques.

L'enfant ne pouvait se lasser d'admirer ces merveilles ; il ouvrait ses yeux et sa bouche toute grande, comme pour les avaler toutes ensemble.

Cependant il fallait choisir. Mais grand était l'embarras de Lucien. Il aurait voulu prendre tout ce qu'il voyait ; et la chose qui se trouvait devant lui était justement celle qui lui plaisait le plus. Impossible de se décider ! Ce ne fut qu'après bien des hésitations qu'enfin, pressé par la mère, il choisit..... devinez quoi ! devinez, je vous prie, ce qu'il choisit !

Au milieu de mille joujoux plus séduisants les uns que les autres, Lucien remarqua un petit bonhomme qui ressemblait exactement à celui qu'il possédait ; seulement il était neuf ; et il avait sa tête, chose qui manquait à l'autre. Donc il l'emporta et le couvrit de baisers.

Arrivé à la maison, l'enfant commença par jeter le vieux bonhomme par la fenêtre, tellement il le trouvait laid ; puis il se mit à jouer. Mais cela l'ennuya bientôt. Il pensa aux beaux joujoux qu'il avait vus dans la boutique, et regrettait de n'avoir pas mieux choisi. Il reprit trois ou quatre fois son bonhomme, et toujours avec plus de dégoût ; il regrettait l'autre, devint triste et cessa de jouer.

Alors le père dit tout bas à la mère : — Le magasin de joujoux a laissé une fâcheuse impression dans l'esprit de notre enfant ; la multiplicité de ces objets de luxe a perverti son goût et sa naïve simplicité.

LE PETIT CRAPAUD

ussi ambitieux que téméraire, un petit crapaud voulait à toute force se faire grenouille. Il profita donc d'une journée brumeuse, quitta son marécage et se faufila dans un ruisseau qui traversait une riante verdure. Il avance tant bien que mal, et enfin il entend une harmonie qui lui annonce le voisinage des grenouilles.

En effet, leur coassement formait comme la basse du gazouillement des oiseaux, et leurs tons graves s'accordaient avec le murmure des eaux et la voix des zéphyrs qui bruissaient dans le feuillage.

Le petit crapaud prête l'oreille à ce concert. Il hésite un moment, et n'ose pousser jusqu'au bout son entreprise. Mais enfin il se décide, et plein de hardiesse, il va se joindre à la troupe des grenouilles.

Joyeux et allègre, il veut chanter avec celles qui chantent; mais sa voix rauque blesse l'harmonie; les grenouilles étonnées se taisent; lui seul chante encore et croit que tout le monde l'écoute et l'admire. Il espère même que par ses avances et ses soubresauts il se fera des partisans; mais son souffle empoisonné éloigne les grenouilles, et il finit par rester complètement isolé.

Alors, découragé par ses mécomptes, et dépité contre une société qui n'appréciait pas ses mérites, il s'en retourna auprès des crapauds ses frères dans les marais bourbeux.

LA CHÈVRE ET LA CHATTE

EPUIS plusieurs années, une chèvre d'une humeur égale et tranquille vivait dans une étable, où elle recevait chaque jour de sa gardienne une ration suffisante. Contente de son sort, elle ne manifestait, dans sa vie uniforme, ni désirs, ni regrets, ni passion quelconque, si ce n'est au printemps, où les souvenirs du jeune âge la rendaient parfois pensive et turbulente.

Elle avait, du reste, fort peu de connaissances; mais une chatte, locataire de la même maison, lui rendait de fréquentes visites, et venait sans façon, durant les soirées d'hiver, lui tenir compagnie. Parfois la conversation devenait plus gaie; et la chèvre, pour réjouir sa voisine, lui donnait des représentations mimiques. Alors elle prenait des poses gracieuses ou burlesques, se dressait sur ses pattés, et parodiait, en arquant son cou, les mouvements du coursier au galop. Et la bonne bête, fière de ses prouesses, se tournait vers la chatte et la regardait du coin de l'œil, comme pour attendre un compliment.

La chatte, habituellement sournoise, ne s'amusait point à ce genre de spectacle ; elle considérait la chèvre avec plus de pitié que de plaisir.

Une fois cependant, plus expansive que de coutume, elle dit à sa voisine : — Chère commère, comment se fait-il, je vous prie, qu'étant continuellement renfermée, vous ne cherchiez pas à sortir de cette sombre demeure ?

La chèvre sourit ; elle n'avait pas compris le langage de la chatte ; elle voyait bien que celle-ci lui avait dit quelque chose ; mais enfin, n'ayant pas saisi le sens de la phrase, et ne voulant pas paraître si bornée, elle fit un geste et donna par signe une réponse évasive.

La chatte, interprétant à sa manière la pensée de la chèvre, crut qu'elle soupirait après sa délivrance. Ce n'était qu'un quiproquo ; mais elle se mit à ronger la corde, et après beaucoup d'efforts, elle mit la chèvre en liberté.

Celle-ci ne bougea pas ; et d'une mine embarrassée elle remercia sans changer de place. — Sortez, sortez donc, lui crie la chatte à tue-tête, sortez, vous êtes libre !

Mais la chèvre aimait son étable, son ratelier et sa gardienne ; elle n'avait pas d'ambition et ne se souciait pas de chercher au dehors un bonheur qu'elle avait trouvé au dedans.

La chatte insidieuse avait beau vanter les plaisirs du grand monde et les agréments de l'indépendance, elle ne réussit pas à persuader la chèvre, qui préférait ses habitudes paisibles et modestes à toutes les chances de la fortune.

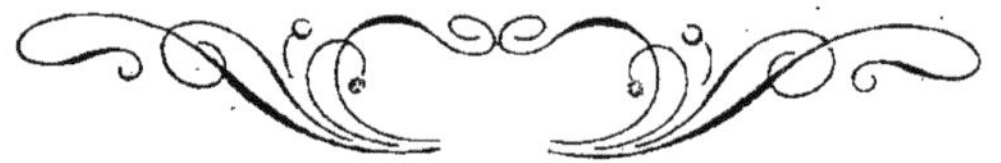

LE JARDIN BÉNI

N homme riche et craignant Dieu possédait de vastes terres et de précieux vignobles dont il surveillait la culture avec une sollicitude éclairée. Mais il chérissait particulièrement un enclos qu'il avait planté et cultivé de ses propres mains ; et il se plaisait, après les travaux du jour, à visiter ses fleurs et les jeunes arbres ; il les arrosait, et se reposait avec bonheur sous leur ombrage. Chaque plante semblait parler à son âme et lui sourire de reconnaissance.

Aussi, quand arriva le jour où des soins plus graves l'appelèrent dans une région lointaine, le pieux cultivateur bénit ses plantations, et s'en éloigna, les larmes aux yeux, en disant au fond de son cœur : — Au revoir, petites plantes chéries ! Dieu vous donnera l'accroissement !

Cependant l'orage grondait; de rapides éclairs sillonnaient la nue, et une vague anxiété s'appesantissait sur la nature. Les timides bergers s'étaient hâtés de ramener leurs troupeaux au bercail; de leurs voix et de leurs houlettes ils pressaient le retour et marchaient les derniers.

Mais les jeunes plantes, qui les gardera? De toutes parts, les torrents s'étaient débordés; la pluie, déchaînée par la tempête, tombait avec impétuosité; et la grêle meurtrissait la campagne.

A la suite de l'orage, d'autres fléaux désolèrent la contrée; des insectes nés dans la poussière assaillaient le feuillage et remplissaient l'atmosphère de leurs exhalaisons vénéneuses.

Pauvres fleurs! qu'allez-vous devenir?

Or la prière du cultivateur était montée au ciel, et la bénédiction divine, comme une nuée de grâces, planait sur le petit jardin et l'enveloppait tout entier.

Aussi, au terme du voyage, pas un seul des arbrisseaux n'avait péri; et toutes les fleurs épanouies exhalaient une odeur douce, présage d'une saison fertile et riante.

Alors le cultivateur éleva son regard vers le ciel. — Oh! oui, dit-il dans son cœur, l'homme plante et l'homme arrose, mais c'est Dieu qui protége et donne l'accroissement!

UNE MASURE

ANS une maison délabrée où tout tombait en ruine, habitait une pauvre veuve avancée en âge et maladive. Elle devait la quitter bientôt; car elle avait fait un brillant héritage; et d'un moment à l'autre, elle pouvait recevoir l'avis d'aller en prendre possession.

Mais la vieille femme ne s'occupait en aucune manière de son déménagement; elle ne pensait au contraire qu'à étayer et à restaurer la masure où elle vivait depuis de longues années.

Il n'y avait plus de sécurité dans cette triste demeure : les murs lézardés menaçaient de crouler; les serrures étaient vermoulues; les portes et fenêtres ne fermaient pas; et la pauvre veuve dépensait son temps, son repos et ses ressources à réparer les brèches, sans penser à l'héritage qu'elle risquait de perdre par sa folle négligence.

13

En vain ses amis la pressaient de ne pas compromettre sa fortune par des intérêts secondaires; elle ne les écoutait pas, préoccupée comme elle l'était toujours de-réparer la ruine qui lui était chère.

Un jour elle considérait avec complaisance cette masure badigeonnée, et elle admirait son aspect rajeuni, quand soudain un craquement se fit entendre. La pauvre femme n'eut pas le temps de fuir; elle resta ensevelie sous les décombres de sa maison écroulée; et son héritage passa à d'autres mains.

LES DEUX BARBETS

N charmant petit barbet accompagnait souvent le gentilhomme son maître dans un château où se trouvait un autre barbet un peu triste de sa solitude. Chaque fois que ces deux amis se retrouvaient ensemble, c'était un bonheur qu'ils se témoignaient par toutes sortes de gentillesses et de joyeuses exclamations.

Qu'on juge de la félicité des deux barbets, quand un jour (c'était au printemps de l'année 1840), le gentilhomme vint avec son barbet passer toute une semaine au château! Ils ne se possédaient pas de joie; toute la journée ils jasèrent ensemble, et la nuit même ils ne voulaient se quitter. Ensemble ils faisaient leurs parties de plaisir : visites à la cuisine, courses aux champs, chasse aux poules, guerre aux chats; tout se fit en commun le premier jour.

Mais le lendemain, notre barbet du château se plaignit d'avoir mal dormi : — Camarade, dit-il à son voisin, dormons chacun à part, car tu ronfles trop.

Au déjeuner, les deux amis mangeaient en grommelant, parce que l'un mangeait plus vite que l'autre; et au dîner, chacun prit sa portion en particulier.

Au jeu, c'était des disputes mordantes ; et vers le soir il y eut une querelle si vive que l'un des deux revint au logis l'oreille ensanglantée et la queue pendante. On ne connut point au juste la cause de cette blessure; mais sur le soir, il y eut une affaire plus grave ; car le petit barbet de la campagne ayant été par accident malpropre au salon, l'un et l'autre chien furent mis à la porte ; ce qui excita entre eux une nouvelle altercation.

Enfin la semaine parut longue à ces deux camarades, et ils se trouvaient l'un et l'autre pleins de défauts et de désagréments.

Le jour du départ arriva heureusement; car ils ne pouvaient plus se supporter. Et quand le barbet du gentilhomme fut de retour chez lui, il raconta ses mécomptes à un vieux chien son voisin. Celui-ci fit à ce sujet une réflexion très-sage : — Barbet, lui dit-il, une trop grande familiarité nuit à l'amitié.

Le barbet n'oublia pas cette leçon; et depuis lors il se produisit plus rarement dans le monde et ne fréquenta ses meilleurs amis qu'avec circonspection.

LA BOSSE DE LA SAGESSE

ORSQUE la lumière du siècle, fécondant l'arbre de la science, fit éclore la phrénologie, cette nouvelle branche des connaissances humaines excita une grande rumeur qui se propagea même chez les animaux.

Ceux-ci voulurent tous se faire tâter; et chacun prétendait avoir la bosse de la sagesse, l'un sur le front, l'autre sur le dos; le rhinocéros même allait jusqu'à soutenir qu'elle se trouvait sur son nez.

Heureusement que le singe était habile en cette matière; du moins il se donnait pour tel; et de par l'autorité du lion, il fit savoir que dans un concours public il proclamerait le nom du plus digne et du plus sage. Or toutes les bêtes briguaient cet honneur. Elles y attachaient d'autant plus d'importance que le roi des forêts devait lui-même présider l'assemblée et décerner le prix.

Une foule d'animaux se rendirent aux épreuves. Mais comme de raison, le chameau se présenta le premier et à double titre. Le singe lui sauta sur le dos, examina l'une et l'autre bosse, les manipula en tous sens; puis, d'un ton solennel, il témoigna qu'il avait trouvé des bosses, mais point de sagesse.

Un vieux cerf arrive à son tour; ses cornes ne sont, d'après lui, que les formes allongées d'une bosse mystérieuse; et il lui semble que sur la tête elle est mieux placée que sur le dos. Le singe explore ce mystère; il hésite un moment; mais un regard du lion le décide; et tout aussitôt il déclare que les cornes du cerf ont une haute portée, mais qu'elles n'ont pas la valeur phrénologique des bosses.

Le singe prononçait sur chaque animal le même arrêt. Il trouvait partout des bosses; mais de sagesse, nulle part!

Le lion parut affligé de ce manque de vertu dans son royaume; et pour complaire à ses sujets, il se décida, quoique avec répugnance, à se faire examiner lui-même. Le singe s'y prêta avec précaution; il tremblait de poser sa main sur l'auguste crinière; et à peine l'eut-il effleurée qu'il s'écria : — Messieurs, voici la bosse! la vraie bosse! c'est la bosse de la sagesse!

A cette proclamation imprévue, les animaux se retirèrent mécontents; ils ne disaient rien, mais ils n'en pensaient pas moins.

LE PALAIS DE GLACE

u fort de l'hiver, le petit Francis avait amoncelé de la neige et de la glace pour bâtir un palais. La construction était fort ingénieuse; rien n'y manquait : une cour, un portique, des chambres intérieures, une galerie, deux étages.

Le jeune artiste avait plus d'une fois grelotté pour faire son ouvrage. Mais la joie du succès le dédommageait de ses peines et de sa persévérance.

Or, quand tout fut achevé, Francis, ravi de bonheur, alla chercher tout son petit mobilier pour le placer dans son château. Il y mit successivement ses joujoux, ses images, même son dictionnaire; il eût voulu y mettre son cœur tout entier.

Cependant, à mesure que le printemps s'avançait sur les ailes du midi, le palais de glace diminuait à vue d'œil. Le pauvre garçon seul ne s'en apercevait pas.

Un matin, quel fut son effroi quand, à la place du palais, il ne vit plus qu'un amas de boue! Les images, les joujoux, le dictionnaire nageaient dans une mare d'eau! Jugez de la stupéfaction de notre écolier!

Toute sa vie il conserva l'impression de ce douloureux mécompte, et il ne fut plus tenté d'attacher son cœur à des biens qui ne durent qu'une saison.

LES PRISONNIERS

ANS, une obscure prison languissaient, chargés de chaînes, plusieurs misérables qui avaient été condamnés à mort. Ils attendaient avec anxiété le jour de leur supplice, sans aucune espérance de pardon. Cependant, comme le temps s'écoulait, les prisonniers se mirent à jouer et à se distraire.

Ils ne pensaient presque plus à leur position cruelle, quand un jour, regardant à travers les barreaux, ils virent passer un homme jeune encore, mais d'un extérieur noble, qu'on menait à la mort.

A cette vue, ils devinrent sérieux et attentifs. Bientôt un bruit de chaînes se fait entendre ; les portes de la prison s'ouvrent avec fracas ; on leur annonce qu'ils sont libres.

Un ami qui les aimait s'était chargé d'expier leurs crimes et avait obtenu leur grâce au prix de sa vie.

Mais les prisonniers rendus à la liberté oublièrent leur
bienfaiteur ; ils retombèrent dans leurs anciennes fautes
et devinrent plus coupables qu'auparavant.

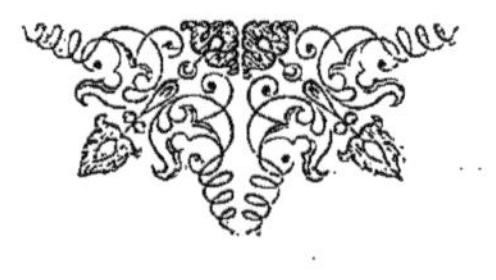

UNE VISION

E jeune Michel n'avait pas été laborieux dans son jeune âge, et à sa sortie des écoles, l'esprit du monde avait obscurci sa foi. Il se mit à douter de la Providence, et tomba dans de sombres perplexités.

Une nuit, après avoir roulé dans son esprit des pensées amères, il s'endormit et eut un songe.

Il lui semblait contempler dans une vision la vieille Jérusalem encore debout et vivante, avec son temple, ses vertes collines, ses torrents et son antique peuple de Dieu. Le jour était à son déclin; et une foule d'hommes revenus du désert, rentrait dans la ville grave et silencieuse. Bientôt les derniers bruits expirèrent dans l'enceinte de la cité de Dieu.

Un seul homme veillait et priait.

C'était le Christ, le Sauveur du monde ! Prosterné sur la montagne des Oliviers, le visage tourné vers Jérusalem, il la regardait avec la tendresse d'une mère qui s'émeut au chevet de son enfant. Le ciel était attentif. — Oh ! Jérusalem, disait-il, Jérusalem ! combien de fois j'ai voulu rassembler tes enfants comme une poule rassemble ses petits sous ses ailes, et tu ne l'as pas voulu !

Michel considérait avec attendrissement cette scène solennelle, lorsqu'un ange s'approcha de lui et lui dit : — Jeune homme, au temps du Christ, les pensées humaines étaient ce qu'elles sont aujourd'hui. Beaucoup de malheureux doutaient de Dieu, et se demandaient avec dédain : Est-ce qu'il se mêle de nos affaires ?... est-ce que Dieu voit ce qui se passe ici-bas ?..... Et d'autres, plus insensés encore, disaient dans leur cœur : Il n'y a point de Dieu ! Et le Fils de Dieu, durant la nuit obscure, priait et pleurait ; et son amour pressait les enfants des hommes et leur offrait la paix du ciel. Mais les hommes n'ont point voulu !...

A cette parole, Michel se réveilla. — Je veux ! s'écria-t-il les yeux baignés de larmes.

Et en prononçant ce mot, il se sentit renaître à la foi.

La volonté du jeune chrétien s'était harmonisée de nouveau avec la volonté divine ; et cette harmonie devint dans son âme une source de joie et d'amour.

L'ÉCHO DU CŒUR

E jeune Stanislas avait été envoyé à l'université pour y achever le cours de ses études. C'était le fils unique d'une mère qui l'avait élevé avec soin et avait inculqué dans son cœur les principes vivifiants de la piété. Aussi, tous les jours et maintes fois par jour, cette mère chrétienne priait pour son fils, et du fond de son âme elle disait : — Seigneur, je vous ai consacré Stanislas; faites qu'il demeure fidèle.

Cependant le jeune homme ne tarda pas à subir les séductions de son âge. Des amis imprudents l'excitèrent aux lectures dangereuses, et compromirent ses mœurs par leurs exemples et leurs entretiens.

Stanislas résista quelque temps; mais un soir, pressé par ses camarades, il sortit avec eux, et allait, pour la première fois de sa vie, franchir le seuil d'une maison de jeu, lorsque tout à coup il s'arrête et recule. Il entend une voix qui retentit dans sa conscience; elle lui crie : — Faites qu'il demeure fidèle !

Or, à cette même heure, la mère de Stanislas avait prié pour son enfant.

Les étincelles électriques se croisent avec moins de rapidité que les sympathies et les échos du cœur.

UNE PRÉDICTION

E prophète Isaïe, fils d'Amos, après avoir rempli sa mission auprès du roi Ezéchias, s'approcha d'un jeune homme qui se tenait près de lui et lui dit une parole à voix basse.

Depuis ce moment, le jeune homme devint grave ; il cessa de se livrer aux dissipations de son âge et s'appliqua fidèlement à observer la loi de Dieu. Mais ce qui surprit tout le monde, c'est que ce jeune homme refusait obstinément tous les avantages qu'on lui offrait ; et à chaque ouverture qu'on lui faisait, il répondait : — Cela ne vaut pas la peine !

Plus tard, on lui proposa de s'unir avec la fille de l'intendant du roi ; et le roi lui-même sourit à cette alliance. Mais au moment de donner son assentiment, il répondit encore : — Cela ne vaut pas la peine !

Enfin on lui offrit une charge brillante qui était briguée par les plus illustres courtisans ; mais le jeune homme, à la grande surprise de ses parents et de ses amis, ne donna encore que sa réponse habituelle.

Alors son père, qui avait ouï parler de la communication du prophète, se rendit avec anxiété auprès d'Isaïe, le suppliant de lui révéler la cause des étranges résolutions de son fils.

L'homme de Dieu lui répondit : — Votre fils a reconnu, comme Ezéchias, la brièveté de cette vie mortelle, et comme lui, il a détourné son cœur des choses passagères pour s'attacher à celles qui sont durables et éternelles.

Le père demanda avec anxiété : — Quand donc mon fils doit-il mourir ?

— Les jours de sa vie, répondit le prophète, iront peut-être jusqu'à soixante-dix ans ; mais s'il va au delà de cet âge, le surplus ne sera que douleur et affliction.

UNE ACADÉMIE EN CHINE

N voyageur français avait été poussé par les vents contraires aux confins de la Chine. Là, dans une ville de peu d'apparence, quelle fut sa surprise de trouver une académie ! On lui fit la politesse de l'inviter à une séance solennelle. La question sur laquelle chaque savant devait énoncer son opinion était celle-ci : — Qu'est-ce que le monde ?

Chacun parla à son tour.

— Le monde, dit le premier, c'est une vaste salle à manger où tous les convives, grands et petits, hommes et bêtes, se dévorent les uns les autres...,

— Le monde, dit un autre, c'est un spacieux hôpital où les malades, pour la plupart, sont incurables....

— Le monde, dit un troisième, c'est un grand cimetière où le genre humain dépose un à un tous ses membres....

— C'est un champ ensemencé de poussière d'hommes, et cette poussière refleurira....

— Le monde, dit un académicien, c'est une chambre d'enfants où l'on joue aux choses éternelles....

— Le monde, dit un autre, c'est un grand poisson qui nage dans l'espace et se nourrit de sang....

— Le monde, dit un autre, c'est une locomotive lancée à toute vitesse, qui fait vingt mille lieues en une heure; ou bien, c'est un aérostat égaré dans le firmament....

— Le monde, dit un académicien, c'est une planète dont tous les habitants ont un grain de folie; car les sages selon le Ciel sont fous selon la terre, et les sages selon la terre sont fous selon le Ciel....

Les savants développèrent tour à tour leurs pensées; mais ils ne purent s'entendre.

— S'entendraient-ils mieux à Paris?

LE PÈLERIN D'ÉTHIOPIE

N officier éthiopien, homme d'un caractère droit et loyal, était venu à Jérusalem en pèlerinage.

Il avait entendu parler du Roi du ciel qu'on attendait en Orient; et comme il aimait et recherchait la vérité, il imita les mages, et se rendit en Judée pour s'enquérir du Messie.

Cependant personne à Jérusalem ne put lui donner les renseignements qu'il demandait. On parlait, il est vrai, d'un célèbre Galiléen, que plusieurs avaient regardé comme le Sauveur du monde; mais ce personnage était mort peu de temps auparavant, immolé sur la croix.

Le pèlerin, déconcerté du mécompte de son voyage, allait s'en retourner tristement dans son pays, lorsque, avant de se mettre en route, il fit une dernière tentative pour découvrir la vérité. Il s'adressa à un docteur de la loi et le pria de lui donner quelque lumière sur le Roi des Juifs.

Le docteur, plein d'obligeance, lui remit un rouleau des saintes Ecritures, en lui disant : — Prenez et lisez : ce livre contient la parole de Dieu qui révèle clairement et nettement toutes les vérités.

L'heureux pèlerin reçut avec une profonde reconnaissance le volume sacré ; et muni de ce trésor, il monta sur son char pour regagner sa patrie.

Pendant son voyage, il lisait et méditait les paroles du livre divin ; mais il ne comprenait pas les passages qui lui semblaient contradictoires.

Le Messie était représenté par les prophètes tantôt comme un Dieu plein de gloire, tantôt comme un homme profondément humilié. Le pèlerin se perdait en conjectures ; et il relisait sans cesse ce texte du prophète Isaïe : « Il sera » mené à la boucherie comme une brebis ; il n'ouvrira pas » la bouche pour se plaindre, pas plus qu'un agneau qui » reste muet devant celui qui le tond. »

— De quoi donc parle le prophète ? pensait le pèlerin : est-ce de lui-même où de quelque autre ?

Et il s'affligeait de ne pas en comprendre le mystère, quand il vit venir à lui un homme d'une figure vénérable qui lui dit en le saluant : — Entendez-vous bien ce que vous lisez ?

Le pèlerin lui répondit : — Comment pourrais-je comprendre ce qui est écrit dans ce livre, si personne ne me l'explique ?

Alors l'homme de Dieu, car c'était un disciple du Christ, monta sur le char à côté du pèlerin et lui découvrit le sens profond de la sainte parole. Et pendant qu'il parlait, le voyageur sentit son âme tout embrasée de foi et d'amour.

UN REVERS DE FORTUNE

u moment de partir pour l'armée, un brave général remit entre les mains de son homme d'affaires une grande somme d'argent, en lui disant : — Je vous confie ce dépôt; faites-le valoir, et retirez-en les revenus jusqu'à mon retour ; mais ne touchez point au capital.

Là-dessus le général partit et alla prendre son commandement.

Mais l'homme d'affaires, n'entendant plus parler du guerrier, crut qu'il était mort, et il se mit à user du trésor comme s'il n'eût jamais dû en rendre compte. Désireux de passer pour riche et de se faire des amis, il donna des repas, invita le grand monde et joua le rôle d'un grand seigneur. Il ne se borna point à dissiper les biens dont il disposait; mais il fit des dettes pour se bâtir des maisons de ville et de campagne. Rien ne manquait à ses plaisirs, lorsque pendant une nuit, au moment où il s'y attendait le moins, on frappe à sa porte. Qui était-ce? Le général.

A cette vue le fermier reste stupéfait. Il veut balbutier quelques mots; mais il entend une voix terrible qui lui dit:

— Malheureux, qu'as-tu fait? tu as détourné un bien qui ne t'appartenait pas, et tu as oublié le compte que tu aurais à me rendre? Maintenant, à quoi te serviront ces maisons, ces jardins, ces équipages qui nourrissaient ton orgueil? Tu vas comparaître devant le juge, et tu resteras en prison jusqu'à ce que ta dette soit soldée.

En effet, c'est là qu'il expie, peut-être aujourd'hui encore, ses folies et ses vanités.

UN CONTE DE FÉE

L y avait une fois un roi et une reine qui, en mourant après un règne constamment heureux, laissèrent le sceptre, avec un immense héritage, à leur fille unique qu'ils avaient eue dans un âge assez avancé. Elle s'appelait Polyxène. C'était une princesse accomplie, bonne, gracieuse et belle comme la lune. Elle n'avait que treize ans à la mort de ses illustres parents, et déjà elle se montrait capable de gouverner les peuples.

Polyxène était l'idole de son royaume; tout le monde la chérissait, l'adorait; c'était à qui lui offrirait de l'encens et des hommages, et rien ne manquait à son bonheur. Une seule pensée venait souvent la troubler comme un cauchemar; c'était la pensée de mourir.

— Quoi! se disait-elle, faudra-t-il donc que je quitte

un jour ce palais, ces jardins, ces délices et tant de serviteurs fidèles ! Ah ! si j'avais un vœu à former, je demanderais l'immortalité !

Au moment où ce profond soupir s'échappa de son cœur, la porte de sa chambre s'ouvrit ; et au milieu d'un léger nuage apparut une grande forme blanche.

C'était la fée Clotho, sous les traits d'une vieille femme, la tête entourée de flocons de laine, entremêlés de fleurs de narcisse.

A son aspect, la jeune fille eut peur. — Ne craignez rien, lui dit la fée d'une voix argentine ; je ne suis point étrangère à votre famille ; j'ai protégé vos ancêtres, je vous protégerai à votre tour. Et, pour vous prouver ma bienveillance, je vous déclare que votre vœu est exaucé et que désormais vous serez immortelle.

A ces mots, la fée frappa Polyxène d'un léger coup de baguette, et disparut.

La jeune fille demeura longtemps interdite ; mais enfin revenue à elle-même, elle ne put contenir sa joie. O bonheur ! ne jamais mourir !

Plusieurs années se passèrent, et Polyxène avait toujours treize ans ; elle ne grandissait pas, elle n'avançait pas en âge ; elle restait toujours la même. Cela lui parut un peu monotone. — Ce n'est pas ainsi, dit-elle, que j'entendais l'immortalité ; j'espérais avoir le choix de fixer mon âge ; mon intention n'était pas de rester toujours enfant !

Elle n'avait pas encore achevé de parler, que la fée reparut. — Me voici, lui dit-elle; je vous apporte une petite clochette d'or; chaque coup que vous sonnerez ajoutera une année à votre âge. Servez-vous-en prudemment, et songez que c'est un don précieux.

La généreuse fée, après avoir dit ces paroles, s'envola de nouveau.

La petite princesse, empressée d'user de sa clochette, sonna deux coups.

A l'instant même elle a quinze ans. Quelle heureuse chance! Elle commande des robes neuves, des parures brillantes, des bouquets de fête; c'était superbe!

Mais son âge lui imposait une réserve gênante; elle ne pouvait sortir seule; elle devait baisser les yeux, selon les règles de la modestie, et ne pouvant satisfaire tous ses goûts, la contrainte lui devint insupportable.

Elle sonna trois coups et prit dix-huit ans. — A la bonne heure! s'écria-t-elle en se regardant dans une glace. Me voilà telle que je dois être!

En effet, elle était resplendissante de jeunesse et de diamants, parée comme un spectacle; et une foule de princes sollicitaient sa main.

Or, pour choisir entre ces illustres prétendants, son embarras était extrême; et sans le vouloir, elle se fit des partisans et des ennemis; les uns et les autres agitaient le peuple et troublaient l'Etat.

Les rivalités devinrent sanglantes; et pour en finir, la princesse eut recours à la clochette.

Elle sonna vingt-quatre ans. Cet âge, pour une souveraine, lui parut à la fois digne et agréable.

Elle était mariée; le prince son époux était accompli; tout était en paix dans son royaume, et elle n'eût pu rien désirer qu'un meilleur accord au foyer domestique. La jalousie de l'époux provoquait quelques nuages; et l'heureuse épouse n'était pas moins accessible à cette faiblesse.

Donc, dans un moment d'humeur, Polyxène saisit sa clochette, et ajouta à son âge un septenaire tout entier.

Elle se félicita d'avoir acquis une expérience plus mûre, et se réjouit de voir bien des changements autour d'elle. Ses enfants étaient plus grands, mais non pas plus sages. Ils lui donnaient moins de besogne, mais plus de soucis. Elle était inquiète et tremblante; le repos d'esprit lui semblait désirable, et dans l'espérance de le trouver, elle sonna quatre coups de clochette qui lui valurent trente-cinq ans.

C'était un âge raisonnable; mais Polyxène n'avait plus les charmes d'autrefois. A la jalousie des époux succéda l'indifférence; les plaisirs devinrent insipides, et la satiété engendra l'ennui. Elle versait des ruisseaux de larmes sans savoir pourquoi; et son époux se dérobait aux reproches qui ordinairement suivaient ces déluges.

L'immortalité commençait à peser à la reine, qui, dans ses accès d'humeur noire, préférait mille morts à sa triste vie.

Heureusement que la fée Clotho lui avait donné le moyen de changer les circonstances selon les divers âges qui les faisaient naître.

Polyxène sonna quarante ans.

La princesse devint calme; mais ce calme ne dura pas. Ses fils étaient criblés de dettes; ses filles devenaient un embarras. Celle qu'elle aimait le plus et qu'elle avait nourrie elle-même, était devenue l'épouse d'un prince étranger qui l'avait emmenée dans un pays lointain; et sa mère ne pouvait se consoler d'une séparation aussi cruelle.

Dans sa peine, elle sonna. Devinez combien de coups! Dix! Polyxène avait cinquante ans.

Elle n'était plus belle; sa chevelure se pommelait comme un ciel gris; ses yeux avaient perdu leur lustre; son front se couvrait de rides. Ses courtisans cessèrent leurs assiduités; elle n'avait plus d'intérieur, car son mari lui-même cherchait loin d'elle des dissipations.

Mais elle disait : — Encore quelques années, et mon mari, plus sérieux, ne s'éloignera plus; il restera auprès de moi et me tiendra compagnie.

C'est pourquoi elle reprit la clochette, et se donna hardiment dix ans de plus.

Elle a soixante ans.

Oh! que les choses étaient changées! Le prince ne bougeait plus; il était sédentaire comme un pavé; car il avait la goutte, et la moitié de son corps était paralysée. Impérieux, exigeant, radoteur, il ennuyait sa femme et fatiguait ses enfants.

Polyxène eut longtemps patience ; mais enfin sa vertu se lassa, et son existence lui parut intolérable.

Elle résolut d'avancer en âge, pour changer les conditions qui la rendaient malheureuse. La clochette fut encore mise en mouvement ; car le bonheur, ne s'étant trouvé ni dans le jeune âge ni dans l'âge mûr, il pouvait se rencontrer dans le calme de la vieillesse.

Polyxène sonna soixante-dix ans.

Avouons qu'à cet âge avancé, notre immortelle était sincèrement laide ! Ses yeux larmoyaient à travers un cadre rouge ; et les quelques dents qui lui restaient semblaient perdues dans l'espace.

A ces inconvénients s'ajoutèrent les infirmités. La vie lui parut un trop lourd fardeau ; et durant une nuit d'insomnie, Polyxène prend sa clochette, et sonne, sonne, sonne à n'en plus finir. Elle aurait brisé la clochette si elle avait pu. On dit qu'après ce mouvement fébrile, elle se trouvait âgée de cent cinquante ans.

Tous ses amis étaient morts, le monde était changé ; elle était étrangère dans son palais, et sa vue seule causait de l'épouvante.

Alors elle en eut assez de son existence terrestre, et elle soupirait après sa délivrance.

Elle se lamentait un jour plus qu'à l'ordinaire, quand tout

à coup la fée lui apparut : — Polyxène, lui dit-elle, renoncez à la vaine immortalité de ce monde, et attachez-vous désormais aux choses éternelles.

Sur cela, Clotho toucha la princesse et emporta son âme dans une autre région.

LE COIN DU FEU

I

DWIN, roi de Northumbrie, hésitait depuis longtemps s'il embrasserait le christianisme ; et dans les incertitudes de sa conscience, il se plaisait à s'entretenir avec ses amis les plus judicieux pour éclaircir ses doutes et scruter les questions religieuses.

Un soir, c'était au cœur de l'hiver, pendant qu'il était assis avec plusieurs de ses conseillers autour du foyer où pétillait la flamme, un oiseau pressé par la tempête entra furtivement par une porte et s'échappa par une porte opposée.

— Vous l'avez vu, ô roi, dit un des conseillers, vous l'avez vu, cet oiseau, tandis qu'il traversait la salle ; mais

d'où venait-il? où allait-il? Nous l'ignorons. Il en est ainsi
de la vie de l'homme. Il apparaît un jour sur la terre et
y passe quelques saisons; mais qu'est-ce qui précède sa
naissance? qu'est-ce qui suit sa mort? Personne ne le sait.

— Cet oiseau, repartit un autre vieillard, n'a passé parmi
nous que la plus courte phase de son existence; il a vécu
ailleurs, il vivra ailleurs; de même l'homme ici-bas se trouve
entre deux frontières dont il ignore les avenues et les issues;
c'est pour cela qu'une angoisse pénible l'accable durant les
jours de son existence terrestre. Mais à quoi sert-il de
dire : Qu'est-ce que ceci? ou Qu'est-ce que cela? Il est des
questions que les mortels ne sauraient approfondir.

Le roi répondit : — Il y a dans mon royaume un étranger
vénérable qu'on regarde comme un envoyé des dieux immor-
tels; il explique, dit-on, avec une merveilleuse éloquence
les choses les plus cachées. Si cet homme pouvait nous
résoudre le mystère de la vie, sa religion serait assurément
digne d'attention.

A la demande générale, on fit quérir le missionnaire
chrétien.

I I

Paulinus ne se fit pas attendre.

A son aspect plein de dignité, l'assemblée se leva sponta-
nément; et le roi, après avoir témoigné au missionnaire les
plus grands égards, lui dit : — Vous êtes Paulinus, l'envoyé

des dieux? On me rapporte que vous avez plus de sagesse et de science que nul autre dans mon royaume. Pour nous prouver la vérité de ce témoignage, nous vous conjurons de répondre à nos questions. Dites-nous d'où vient l'homme quand il franchit le seuil du monde, et où il va quand il descend dans la terre. Dites-nous quel est ce mystère qu'on appelle la vie.

Le saint missionnaire répondit avec simplicité : — O roi, le problème de l'existence terrestre est un des anneaux d'une longue chaîne de mystères. Est-ce en considérant un anneau isolément qu'on peut mesurer la chaîne et en connaître la dimension et l'étendue?

Le roi secoua la tête.

Alors Paulinus, voyant l'assemblée attentive et disposée à recevoir la parole, exposa dans son ensemble la doctrine de la vérité; il la résuma en ces trois mots qui comprennent le passé, le présent et l'avenir de la vie humaine : dégénération, régénération, transfiguration.

Et sa parole sortait de son cœur comme une eau profonde, et se répandait de ses lèvres comme un fleuve qui déborde. Toutefois la doctrine, dans ses développements vastes et lumineux, n'était point à la portée de l'auditoire; et Paulinus, s'en étant aperçu, fit une courte pause pour reprendre les mêmes questions sous une autre forme.

Mais le roi, déjà ému dans son cœur plus que dans son esprit, ajourna au lendemain la suite de ce discours.

III

Le jour suivant Edwin, entouré des membres de sa famille et de ses conseillers fidèles, donna une nouvelle audience au missionnaire. Il paraissait plus grave que de coutume. Assis dans un grand fauteuil de chêne dentelé, il était rêveur et fixait d'un œil méditatif le bois qui flamboyait au foyer.

Enfin il rompt le silence. — Ce bois, dit-il, réveille en moi des souvenirs! C'était un arbre séculaire que mes ancêtres ont planté; son ombre les rafraîchissait, et aujourd'hui son feu nous réchauffe.

Alors Paulinus reprit la parole : — Puisse ce bois éclairer aussi votre intelligence, ô roi! car les choses visibles sont les images des invisibles; et les phénomènes de la nature racontent les mystères de l'ordre surnaturel. L'arbre, avec ses rameaux multiples et féconds, est le symbole du genre humain : il est sorti d'un seul gland et s'est développé sous la forme de l'unité. Mais quand la mort est entrée dans ses moelles et a desséché sa sève, il est tombé sous les coups de la cognée, et ses branches ont été morcelées. Maintenant le feu le purifie; ses éléments grossiers se réduisent en cendre; mais ce qu'il contient de subtil et de noble s'allume et s'élève, et ses flammes transfigurées se réunissent.

A ces mots, l'assemblée interrompit le missionnaire par

un murmure d'assentiment. Le roi exprima son approbation par un sourire; et posant la main sur son cœur, il dit :

— Oui, je sens qu'il y a là quelque chose qui n'est pas fait pour la terre; c'est une étincelle qui tend à se dégager pour s'élever plus haut. Mais qui donc l'allumera? où est le rayon qui lui donnera l'essor et la vie?

— O roi, s'écria Paulinus plein d'une sainte joie, apprenez que celui qui m'a envoyé à vous est venu lui-même apporter le feu du ciel sur la terre; et que veut-il, sinon qu'il s'allume?

Edwin et ceux qui l'entouraient expérimentèrent cette vérité; car pendant que leur esprit s'illuminait au flambeau de la parole de Dieu, leur âme devint brûlante d'amour et d'espérance.

UNE APPARITION

N homme riche, dont l'Evangile a raconté la vie et la mort, gémissait dans les enfers et implorait l'intercession d'Abraham pour obtenir quelque soulagement à la soif qui le consumait. — Père Abraham, s'écriait-il, ayez pitié de moi! et envoyez Lazare, afin qu'il m'apporte un peu d'eau.

Mais le saint patriarche lui répondit : — Souviens-toi que tu as vécu dans les délices, tandis que Lazare a été pauvre et affligé ; maintenant c'est toi qui souffres, et Lazare est dans l'abondance. Entre nous, il y a d'ailleurs un immense abîme et il n'est pas possible de franchir les distances qui nous séparent.

Alors le mauvais riche se lamenta, et s'écria de nouveau : — Je vous supplie, pour le moins, envoyez un mort dans la maison de mon père, où j'ai encore cinq frères, afin qu'ils soient avertis et qu'ils ne tombent point comme moi dans ces lieux de supplice ; car assurément, si un mort revenait sur la terre et leur apparaissait, ils croiraient et seraient sauvés.

Abraham lui répondit : — Ils ont la loi et les prophètes ; s'ils ne les écoutent pas, ils ne croiront pas non plus, lors même qu'un mort viendrait les instruire.

L'infortuné, dans son tardif désespoir, continua à gémir ; et il pensait avec horreur à ses frères, qui avaient hérité de ses biens et qui les employaient, à son exemple, dans les plaisirs et les vanités du monde.

Or le Seigneur, toujours compatissant et plein de bonté, résolut d'envoyer un mort dans leur maison.

Au moment donc où le Christ exhala sur la croix son dernier soupir, de sinistres phénomènes bouleversèrent la terre sainte, et toute la nature, plongée dans les ténèbres, s'agitait convulsivement. Les pierres et les rochers, moins durs que les cœurs des hommes, se brisèrent ; des sépulcres s'ouvrirent, et une foule de morts, sortant de la poussière, apparurent au peuple infidèle pour lui reprocher ses crimes et son incrédulité.

Un de ces morts, d'un aspect majestueux, se présenta soudain à la vue des cinq frères. C'était Zadoch, dont le nom et les œuvres vivaient encore dans les souvenirs de Jérusalem. Son regard fixe étincelait comme une étoile ; sa figure décolorée avait quelque chose d'étrange et de surhumain, et sa tête se dressait sur une taille haute enveloppée tout entière dans les larges plis d'un linceul.

A cette vue, les cinq frères, saisis d'épouvante, défaillirent dans leur cœur et tremblèrent comme des arbres quand la tempête les frappe et les agite.

Zadoch leur adressa la parole d'une voix sonore : — Ecoutez, leur dit-il, les avertissements d'en haut. Vous amassez des biens; vous bâtissez des greniers, vous vous affermissez sur cette terre comme sur un fondement éternel; mais dans la recherche des jouissances, vous oubliez le but de la vie, et vous laissez votre âme inculte et stérile. Insensés! à quoi vous serviront vos richesses et le monde entier, si cette nuit même on vous redemandait votre âme? Cessez donc, ô mortels, de courir après les vanités et de semer sur des épines; détournez-vous du mal et revenez à Dieu; car, je vous le dis, si vous ne faites pénitence, le feu qui viendra consumer l'iniquité ne laissera en vous ni germe ni racine.

Après avoir proféré ces derniers mots, le spectre disparut.

Les cinq frères, frappés de terreur, restèrent sans mouvement et presque sans respiration. Ils se regardaient les uns les autres comme pour s'interroger sur le sens de cette étrange apparition. Etait-ce une réalité? était-ce une illusion? Ils ne surent qu'en penser, et crurent prudent de ne point en parler.

Dans leur perplexité cependant, ils s'adressèrent à un

docteur de la loi qui passait pour le plus savant des scribes.

Celui-ci, faisant la part des circonstances qui avaient frappé les imaginations pusillanimes, expliqua doctement le phénomène; et, remontant de l'effet aux causes, il l'attribua à la surexcitation des nerfs et du sang. — C'était une hallucination, dit-il en terminant.

Les cinq frères s'en tinrent à cette explication qui leur parut concluante.

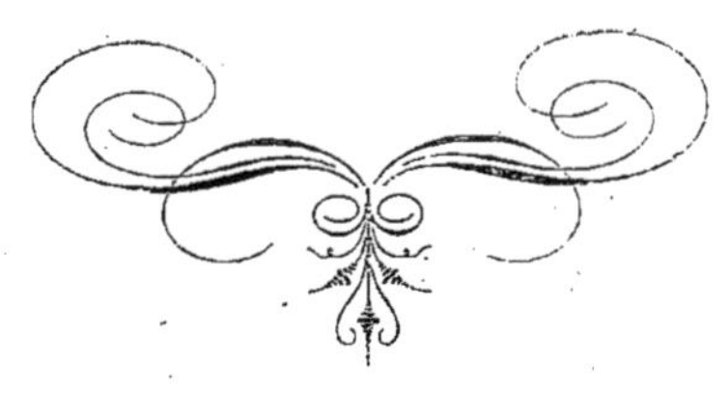

LA FÊTE DES ENFANTS

ous le règne de l'empereur Tibère-
Auguste, dans le temps où le Christ
vivait encore sur la terre, il y eut
un mémorable jour auquel nul autre
ne saurait être comparé. L'aurore s'était
parée de toutes ses splendeurs ; le ciel était
pur, l'air serein, et une joie mystérieuse répan-
due dans l'atmosphère se communiquait aux cœurs
comme un céleste parfum, et leur présageait une de
ces œuvres d'amour que la Providence accomplit dans le
silence et qui font tressaillir les âmes d'un pressentiment
de bonheur.

Cette joie spontanée n'était point particulière à une ville
ou à une seule contrée ; elle éclata simultanément sur
toute la face de la terre ; et ce qu'elle eut de remarquable,
c'est qu'elle ne se manifestait que parmi les enfants.

Que se passaït-il donc d'extraordinaire ? qu'était-ce que cette fête enfantine ?

Oh ! le touchant spectacle ! Une parole est sortie de la bouche de Dieu, et tous les nouveau-nés endormis dans leurs berceaux, se réveillent ensemble en souriant à leurs mères ! Ceux qui étaient plus grands se sentent émus d'un ineffable besoin de prière ; des larmes d'attendrissement coulent de leurs yeux, des paroles tendres s'échappent de leurs lèvres ; et tous, dans l'effusion d'une naïve ferveur, embrassent leurs mères avec transport, ou bien se prosternent et adorent la Divinité. Les uns demandent à Dieu la sagesse et la piété ; les autres lui promettent obéissance et douceur ; d'autres, plus avancés en âge, rougissent et se trouvent tout à coup transformés.

Mais, chose plus merveilleuse ! on voyait sur différents points du globe, et principalement dans la ville sainte, des enfants immobiles de recueillement, le visage enflammé de lumière, et les yeux tournés vers le ciel d'où semblait venir la joie.

— Petits enfants ! dites ce que vous avez vu.

— Nous avons vu le ciel ouvert, une lumière resplendissante remplissait son immensité ; et dans cette lumière, des millions d'anges aux ailes brillantes chantaient des hymnes ; et leurs voix harmonieuses imitaient les doux accords des harpes et des flûtes ?

— Petits enfants, dites ce que vous avez vu encore.

— Nous avons vu des vieillards qui se présentaient à la porte du ciel; nous avons vu des rois, des sages, des savants qui demandaient l'entrée du céleste royaume ; mais il leur fut dit : Devenez d'abord petits ; car, en vérité, si vous ne devenez comme de petits enfants, vous n'entrerez pas dans le royaume des cieux.

Or c'était précisément cette parole qui provoquait cette fête enfantine ; car pendant qu'elle se disait au ciel, elle se répétait sur la terre ; et le jour où ceci se passa était le jour même où le Seigneur, entouré d'enfants, les prit sur ses genoux et les baisa en disant aux apôtres : — Laissez venir à moi les petits enfants, parce que le royaume des cieux est pour ceux qui leur ressemblent.

TABLE

— LILLE. TYP. L. LEFORT. M DCCCLXV. —

— LILLE TYP. L. LEFORT —